Philippe Mangion

D'origine méconnue

Essai

Édition : BoD · Books on Demand, 31 avenue Saint-Rémy, 57600 Forbach,
bod@bod.fr
Impression : Libri Plureos GmbH, Friedensallee 273, 22763 Hamburg
(Allemagne)
ISBN : 978-2-3225-5789-9
Dépôt légal : Mai 2025

Table des matières

Le roman familial

Je me suis longtemps vanté de mes origines multiples. J'en déroulais la liste, misant sur leur pouvoir de séduction. Je les trouvais romanesques. Si on remontait à mes arrière-grands-parents, ça donnait Maltais, Italien, Basque, Béarnais, Lorrain, Normand. Les croisements se sont opérés en Tunisie, dès les premières années de la colonisation, et seulement entre Européens. On disait Européens pour chrétiens, Arabes pour musulmans, Juifs pour juifs et inversement. Les mariages avaient comme ciment naturel la religion. Pour l'amitié ou les relations sociales, il y avait plus de souplesse, surtout entre chrétiens et juifs. Pour les musulmans, c'était plus compliqué. Les hommes pouvaient nouer des relations dans le cadre du travail ou du sport, les femmes dans celui de la domesticité, parfois celui de l'école avec quelques filles de notables.

Ma pensée, à propos de ce temps et ce pays que je n'ai pas connus, s'est forgée au récit ininterrompu des souvenirs de ma nombreuse famille, dans lesquels j'ai baigné les quarante-sept premières années de ma vie, jusqu'à la rupture avec mes parents qui en a brutalement tari la source. Quinze ans plus tard, la soixantaine entamée, je me suis penché sur les livres d'histoire, presque par hasard, pour m'apercevoir que le roman familial m'avait imprégné d'une réalité alternative, parsemée de trous et de boursouflures, à la façon d'une crêpe loupée. Du travail arabe de mémoire, pour détourner une de leurs expressions racistes favorites.

Je suis de la première génération des enfants de pieds-noirs nés en France et je n'ai posé le pied en Tunisie qu'à l'âge de dix-huit ans. Ainsi, je ne me sentais que peu concerné par ce paradis perdu, ni même vraiment appartenir à cette communauté. Je me sentais comme étranger parmi les miens. Ils m'appelaient parfois le petit Francaoui, du même terme moqueur dont ils affublaient à l'époque les métropolitains. Là, c'était dit avec tendresse, comme si j'étais un trophée, symbole de leur nouvelle vie. Mais leurs histoires rabâchées ont construit mon imaginaire. En adolescent de gauche, j'étais par nature hostile à toute expression des bienfaits de la colonisation, mais je n'avais pas l'idée de l'étudier dans les livres pour étayer mon argumentation. L'école ne m'a rien appris non plus, où la colonisation n'était jamais au programme. Je m'opposais par principe aux miens, tout en leur accordant des circonstances atténuantes. Par chance, ils ne comptaient pas de grands propriétaires terriens, seulement des petits fonctionnaires, des enseignants et quelques commerçants. Leur seule faute était d'être nés dans la colonie. Je n'étais pas loin de les considérer comme victimes au même titre que les Arabes. Je trouvais dans Camus, l'homme plus que l'œuvre dont je n'avais retenu que *l'Étranger* et *la Peste*, l'argument de leur défense. Même un esprit éclairé, anticolonialiste, pouvait être attaché à la terre de son enfance, eût-elle été volée. Dans les discussions hors du cercle familial, je trouvais dans la querelle de Camus contre Sartre, une source d'inspiration pour excuser les « petits » pieds-noirs en les distinguant des « gros » colons.

Des origines maltaises de mon grand-père paternel, ils évoquaient plusieurs pistes. Un oncle était revenu d'un séjour à Malte muni d'un certificat d'appartenance à l'Ordre de Saint-Jean, un faux grossier pour touristes qu'il affirmait authentique. Une autre rumeur familiale attribuait notre ascendance à un soldat français de la campagne d'Égypte débarqué sur l'île pour cause de maladie. Certains prétendaient que notre nom, Mangion, dont des pages entières remplissaient les annuaires maltais, dérivait de l'anglais *mansion*, signifiant manoir. Toutes ces légendes me laissaient le sentiment d'appartenir à l'une des familles les plus anciennes et les plus importantes de l'île.

En réalité, les migrants maltais de Tunisie étaient plus proches des damnés de la terre que des chevaliers de la sainte Église ou des conquérants des Lumières. Depuis le début du XIXe siècle, poussés hors l'île par la surpopulation, ils vivaient dans des conditions miséreuses, s'entassaient dans des quartiers insalubres et occupaient les métiers au plus bas de l'échelle. Mais leur bonne étoile avait voulu qu'ils soient catholiques, et des plus fervents. Lors d'épidémies ou de catastrophes, dans les nécrologies ils étaient nommés individuellement, comme les Européens, là où Arabes et Juifs n'étaient que comptés. Ils étaient certes la plus basse classe des Européens, mais au-dessus des indigènes. Morphologiquement, ils étaient sémites et leur langue sœur jumelle de l'arabe tunisien. On les appelait les Arabes chrétiens. Ils pouvaient se marier avec des Européens du nord qui physiquement étaient leur exact opposé, mais de la même religion. Dans ma famille ils ne s'en privèrent pas. Mon arrière-grand-père Adolphe, le premier de mes ancêtres maltais né sur le sol tunisien eut deux femmes, deux italiennes. Mon grand-père, le dix-neuvième de ses vingt-quatre enfants, épousa une basco-béarnaise. Mon père, son fils, épousa une italo-normando-lorraine, première blonde aux yeux bleus de la lignée. En l'espace de trois générations, d'environ 1890 à 1960, ils avaient recyclé leur sang maltais. À tel point que pour moi-même, de la quatrième génération et premier né en France, cette origine maltaise n'était qu'un concept pittoresque, dont la mémoire n'a jamais été entretenue sérieusement par la famille, si ce n'est par quelques clichés ou proverbes. L'histoire des Maltais, comme celle de la colonisation, je l'apprends aujourd'hui dans les livres. Je ne souhaite pas en devenir un spécialiste, mais simplement y confronter à grands traits mon imaginaire, pour le révéler sans l'abîmer, à l'abri, comme dans la chambre noire d'un photographe. Rester au-dessous de l'histoire comme Annie Ernaux reste volontairement au-dessous de la littérature dans *Une femme*, le texte sur sa mère, écrit après la mort de celle-ci. « À la jointure du familial et de l'histoire, du mythe et du social », écrit-elle.

Rapporté à ma famille, la jointure du mythe et de l'histoire, c'est la faille de San Andreas. Sur trois générations, le territoire des Ernaux ne s'étendait pas au-delà de quelques bourgs de Seine-Maritime. Annie avait grandi sous le même ciel, senti les mêmes odeurs, porté son regard sur les mêmes horizons, entendu les mêmes cloches, vécu les mêmes saisons que ses ancêtres. Ils ne pouvaient pas lui mentir, broder aussi facilement que les miens. Enfant, j'ai construit un pays imaginaire à partir de leurs souvenirs, embellis par la nostalgie, et de quelques traditions qu'ils avaient gardées.

Adolphe, l'arrière-grand-père aux vingt-quatre enfants a tenu une brasserie à Sfax, la Régence, où jusqu'à sept de ses garçons ont travaillé. Le commerce était prospère puisque vers 1930 il prospectait dans le Béarn en vue d'acheter une ferme. L'affaire ne s'est pas faite mais mon grand-père, qui l'accompagnait, tomba amoureux d'une institutrice d'Oloron-Sainte-Marie. Il avait dix-neuf ans, elle en avait vingt-six. Il a fait une chute de cheval et elle l'a soigné. Elle l'a suivi en

Tunisie où ses élèves ont entretenu sa mémoire bien après l'indépendance. J'ai pu le vérifier quand je me suis rendu à Sfax en 1980. J'accompagnais mes parents qui y retournaient pour la première fois. Nous avons rencontré par hasard un ancien élève dans le quartier qu'il nommait encore le quartier des Mangion, vingt-cinq ans après leur départ. Une grande partie de la tribu y avait vécu, sur un terrain sans doute acquis par le patriarche. L'ancien élève s'est souvenu de ma grand-mère avec nostalgie et respect. Même si son enthousiasme était feint, je tenais le premier témoignage extérieur et concordant qui donnait corps aux récits mythiques de mon enfance.

Ce quartier, épicentre de mon pays imaginaire, existait donc bel et bien. Il ressemblait à un terrain vague où chacun des descendants du Maltais avait construit un toit à sa façon pour y loger sa famille, sans harmonie générale. C'était anarchique, sans délimitations. Pas de jardins, des potagers et des poulaillers, des arbres épars. Mes parents, qui s'étaient mariés en 1954, n'y avait vécu en couple que quelques mois, dans une maison prêtée par un oncle absent. Ma sœur aînée y était née le 1er juin 1955, jour-même du retour d'exil, triomphal, de Bourguiba (et non celui de l'indépendance, comme je le pensais). Mes parents l'appelaient parfois « Bourguibette », pour plaisanter.

Au voyage de 1980, ils avaient trouvé le quartier dégradé, mais sans être horrifiés. Leurs regards brillaient, ils le voyaient avec les yeux de leur jeunesse, surtout mon père qui y avait grandi. Il pointait les lieux de ses quatre cents coups. Ici le palmier où, blessé par une branche à laquelle il s'accrochait, il avait perdu l'usage d'un doigt. Là le jardin où avec sa bande il vidait discrètement les pastèques de l'intérieur, et s'amusait du désarroi de l'oncle au jour de la cueillette. À l'entrée du quartier, le moulin à huile où chacun amenait sa production d'olives pour presser sa réserve de l'année.

Rien ne ressemblait à mon pays imaginaire, mais je préférais ce que je voyais. Le quartier ne se distinguait pas des autres quartiers de cette périphérie. Il donnait une impression de jamais fini, toujours en plan, qui rappelait celle de la maison de campagne que mes parents ont fait construire à Seillans, dans le Var, au début des années 1970. Crépi non terminé, carrelage non scellé, carreaux sans mastic, ferraillage des murets apparent, extension non plâtrée servant provisoirement de débarras, parking boueux, placards sans porte, portail rouillé, non posé, sac de ciment éclaté, durci par la pluie. Et au milieu du foutoir, ou grâce à lui, l'éclosion des merveilles. Un buisson d'hibiscus qui s'accroche à la rouille, un rayon de lumière par une vitre fendue, une fuite qui, goutte à goutte, alimente un nuage d'insectes, trois pots de fleurs cassés sur une table de camping, à l'ombre d'un olivier. Enfin la lutte à mort des effluves, rosiers contre fosse septique, jasmin contre nuage d'insecticide vaporisé par camion, eucalyptus contre charogne, le charbon fumant du kanoun, toujours prêt, et la sainte Javel qui purifie tout.

Nous avons rendu visite au dernier ami de mon père qui vivait encore là, Dany Frendo. Enfants, ils étaient inséparables. Il habitait une maison sans porte ni électricité, mais avec de nombreux placards fermés à clé, dont le volumineux trousseau était attaché à sa ceinture. Quand sa femme, qui ne parlait que l'arabe, a voulu nous préparer le thé, il lui a ouvert celui qui contenait le nécessaire puis l'a refermé derrière elle. Il y des voleurs, s'était-il justifié. Il ne décrochait pas un sourire, parlait à mon père d'une voix calme, sans émotion à l'évocation des souvenirs d'enfance. Il y avait une fillette silencieuse, collée à sa mère, sur le tapis où nous étions tous assis.

Dany était de petite taille mais d'une grande beauté. Il avait un visage fin et des yeux vert clair. Jeune, il ressemblait à James Dean, disait-on. Depuis toutes ces années, mon père n'avait de lui que très peu de nouvelles directes. Il n'avait pas de téléphone et les lettres n'étaient pas dans leurs habitudes. À Nice, nous avions quelquefois la visite d'un autre membre de la bande. Un personnage mystérieux, très grand et costaud. Il portait un costume et des lunettes noires, c'est comme ça que je le revois. Il habitait Paris et travaillait pour la Pakistan Airlines dans un poste à responsabilité. Il parlait à voix basse avec un accent traînant, toujours à demi-mots. Je l'imaginais espion. Quand ils abordaient le sujet de Dany, leur visage prenait la même expression d'inquiétude.

Ma grand-mère béarnaise n'est restée que vingt-cinq ans en Tunisie, depuis son mariage jusqu'à l'indépendance. Je n'avais jamais calculé qu'elle avait vécu deux fois plus longtemps à Oloron qu'à Sfax. Avec mon grand-père, ils sont naturellement retournés dans sa ville d'origine, rares pieds-noirs à bénéficier de vraies attaches en France. Elle y a fini sa carrière comme directrice d'école, laissant la même empreinte dans les mémoires béarnaises que dans les tunisiennes. Je ne l'ai connue que retraitée mais, pendant les grandes vacances que nous passions tous les ans chez eux, je rencontrais certains de ses anciens élèves. Sous l'admiration perçait une crainte respectueuse, à l'identique du Tunisien de Sfax. Mon père qui, là-bas, avait été dans sa classe, racontait que les punitions physiques, coups de règle sur le bout des doigts, lui étaient familières. Lui-même les subissait plus que d'autres, pour tuer dans l'œuf tout soupçon de favoritisme.

À Oloron, ils habitaient une maison à l'architecture simple mais spacieuse, avec jardin, dans le lotissement qu'une coopérative ouvrière avait fait construire dans les années 1950, par souscription. La ville était la capitale de l'espadrille, du béret – dont celui du Che, se vantaient-ils – et des chocolats *Pyrénéens*. Les travailleurs, nombreux, y étaient organisés.

Ma grand-mère était issue d'une famille de petite notabilité, les Dachary. Son père avait été directeur de la Caisse d'Épargne locale et parmi sa fratrie, ses neveux et leurs familles, on comptait ingénieurs et architectes, mais aussi des petits fonctionnaires. Les plus aisés s'étaient regroupés dans un terrain privé sur les hauteurs de la ville où ils avaient construit trois très belles villas. L'endroit, que la famille appelait « le terrain » avait une autre allure que le la cité Mangion de Sfax. Tout y était propre et cossu, les haies taillées au cordeau et le portail commandé à distance. Ma grand-mère était l'aînée de quatre frères et une sœur mais son long séjour en Tunisie l'avait distinguée du clan. Bien qu'éclairés, humanistes et d'une grande gentillesse, ils avaient malgré tout des allures de bourgeois, dont vingt-cinq années passées dans les faubourgs de Sfax avaient définitivement débarrassé ma grand-mère. Deux de ses frères, qu'elle préférait, étaient l'un rebelle qui vivait loin du terrain, dans un petit appartement du centre-ville, et l'autre exilé à Saint-Gaudens, dans le département voisin. Lectures, discours, mobilier, cuisine, hygiène, façon de se tenir, de s'habiller ou de marcher, les différences de classe intrafamiliales s'étaient creusées avec le temps. Ma grand-mère ne posait pas. Elle avait des manières d'institutrice paysanne, comme on pouvait les imaginer au XIXe siècle. De l'autorité, une grande morale et en ce qui la concernait un caractère de cochon, sauf avec ma sœur et moi, ses petits-enfants qu'elle adulait. Elle nous protégeait et nous défendait contre nos propres parents. L'été, pendant nos longues vacances, bien qu'obèse et impotente, elle prenait la direction des opérations. Mon grand-père, hyperactif, s'agitait sous ses ordres. Courses, ménage, cuisine, grandes lessives, vidange des pots de chambre, il faisait tout. Mes parents se la coulaient douce, leur activité se réduisait à la vaisselle, aux petites lessives et quelques extras. Ma mère s'occupait de mon petit frère, qui avait neuf ans de moins que moi. Moi, j'aidais à mettre la table et assistais mon grand-père dans certaines de ses tâches : arroser le jardin ; arracher les mauvaises herbes ; nourrir les poules et les lapins ; bien les tenir lorsqu'il les égorgeait ou les dépeçait ; nettoyer la cage aux oiseaux ; cueillir les pommes, les pêches, les brugnons, les noisettes ; cueillir les haricots, les courgettes, les tomates ; arracher les salades, les oignons ; ramasser les pommes de terre. En vacances on était autosuffisants, et le surplus finissait en conserves alignées dans la soupente.

Son jardin, derrière la maison comme tous ceux de la cité ouvrière, était sa fierté. Là où les autres avait été progressivement remplacés par des pelouses à arrosage automatique, le sien avait gardé sa fonction première de potager nourricier. Il avait reproduit son mode de vie sfaxien, proche de celui des ouvriers fils de paysans béarnais que les trente glorieuses avaient fait disparaître. Dans les années 1970, période essentielle de mes souvenirs, les nouveaux ouvriers, majoritairement immigrés, étaient logés dans le HLM voisin construit à leur intention. Les maisons de la cité ouvrière étaient progressivement rachetées par la classe moyenne, même si elle ne représentait pas encore la majorité.

Le mode de vie de mes grands-parents, à rebours de la société de consommation, serait qualifié aujourd'hui de sobre et autosuffisant. En revanche, ils l'avaient adapté aux ressources béarnaises, abandonnant sans regrets les traditions orientales. L'ouliat avait remplacé la chorba, la garbure le couscous et la salade pommes de terre et haricots verts la mechouia. Les grands jours, c'était foie gras, omelette aux cèpes ou poulet basquaise, et en dessert un divin flan au caramel. Pour les salades comme pour la friture, huile d'arachide et beurre avait supplanté l'huile d'olive. Le vinaigre et l'ail étaient abondamment utilisés. Tout était du jardin, y compris les œufs et le poulet, sauf les cèpes. Des voisins ou des oncles qui connaissaient les bons coins leur en donnaient sur leur part. Mon grand-père n'avait pas la patience pour la chasse aux champignons. Ma grand-mère, de son côté, préparait les foies gras et les conserves de sauce tomate qu'ils stockaient dans la soupente.

Chez eux, on ne retrouvait pas les signes du nouveau confort domestique. Pas de lave-vaisselle, pas de lave-linge, seulement une lessiveuse. Un frigidaire dans la soupente, pas de congélateur. Pas de chaîne hifi, un poste à lampe grésillant dans la cuisine, qui ne captait que les grandes ondes, et un gramophone où ils passaient des 78 tours. Une télé noir et blanc. Pas de cheminée dans le salon, mais un poêle à bois. Pas de chauffage dans les pièces, seulement un poêle à mazout, planté au pied de l'escalier tournant. Son tuyau d'évacuation qui, empruntant la trémie s'élevait jusqu'au plafond, représentait la seule source de chaleur. À Pâques où à Noël, on dormait avec des bouillottes. Comme il n'y avait qu'un seul WC au rez-de-chaussée, on était content d'avoir les pots de chambre pour ne pas trop se geler.

La bibliothèque du salon contenait une encyclopédie universelle et quelques biographies historiques. La lecture préférée de ma grand-mère était les romans-photos. L'après-midi, elle s'installait sur sa chaise près du poêle et avalait ses magazines, en alternant parfois avec des mots-croisés. Une chaise confortable en cuir et accoudoirs en bois qu'elle préférait au fauteuil club duquel elle n'arrivait pas à se relever sans l'aide de deux d'entre nous.

Pendant qu'elle lisait, mon grand-père s'occupait au jardin. L'hiver, elle l'appelait pour ajouter une bûche dans le poêle, quand son tisonnier ne pouvait plus en raviver la flamme. Ensuite, ils partaient pour une balade en voiture dans la campagne béarnaise. Parfois, je les accompagnais. Elle n'était pas du genre à sauter de joie, mais ces balades sans mettre pied à terre, son sac à main sur les genoux, étaient son plus grand plaisir. Il fallait qu'on soit rentré pour *Des chiffres et des lettres* qu'elle ne loupait sous aucun prétexte, pendant que mon grand-père préparait le repas. On regardait aussi le Journal de 20 heures. Le son était à fond car ma grand-mère est devenue sourde en vieillissant, à tel point que les discussions avec elle devenaient difficiles. Elle ne s'en plaignait pas, son monde intérieur était suffisamment riche et la présence de la famille qui s'agitait la comblait plus que les échanges avec elle. Parfois, elle signifiait son désaccord en haussant les épaules. Les autres pensaient que ça l'arrangeait de ne pas entendre leurs arguments. Ça collait à sa réputation d'être bornée et d'avoir mauvais caractère.

À mon sens elle souffrait réellement, mais ça la reposait de ne plus avoir à tenir tête, surtout aux hommes de la famille. Un mari, deux fils, quatre frères, une douzaine de beaux-frères. Pour s'imposer comme une femme forte, cela avait été une lutte quotidienne. Je regrette qu'elle n'ait pas vécu au-delà de mes dix-huit ans pour me raconter. Elle avait gagné leur respect et désormais elle pouvait baisser la garde. Ce qui lui importait c'était gâter, défendre et protéger ses petits-enfants. Mon grand-père lui donnait, tous les mois et en liquide, une petite part de leurs revenus pour ses achats personnels, mais elle ne dépensait rien. Elle économisait pour nous, ma sœur et moi. C'est avec cet argent qu'elle m'a offert un vélo pour mes quatorze ans, puis une mobylette Peugeot 103 à seize ans, contre l'avis de mes parents, et enfin une 4L d'occasion à dix-huit, dès que j'ai eu mon permis. Quand j'arrivais en vacances, elle me donnait de l'argent de poche pour le séjour et au départ pour le reste de l'année.

Pour ma sœur aînée, elle tenait le rôle d'avocate. À dix-huit ans, l'année du bac, Michèle avait quitté la maison avec fracas pour vivre en communauté avec ses amis, trois couples dans une villa. Aujourd'hui, on parlerait de colocation, mais mes parents étaient contre par principe, furieux qu'elle s'émancipe si jeune. Ma grand-mère disait qu'elle avait bien raison de vivre sa vie. Le peu que je connaissais de sa propre jeunesse en faisait à mes yeux un personnage romanesque et féministe. À vingt ans, elle avait quitté Oloron pour Le Mans, à sept cents kilomètres de chez elle, où elle était pensionnaire à l'École normale d'institutrices. C'était dans les années 1920, le réseau ferré était plus important qu'aujourd'hui mais il fallait une journée entière pour effectuer le trajet. Elle ne pouvait rentrer qu'aux vacances. Pourquoi ses parents l'avaient-ils inscrite aussi loin ? Était-ce pour l'éloigner et pour quelle raison ? Aujourd'hui, j'imagine une histoire de cœur ou une algarade avec un professeur. Ses parents faisaient partie d'une petite notabilité où les filles étaient plus surveillées qu'ailleurs et où une mauvaise réputation entravait les possibilités de beau mariage. Était-ce son cas ? À son retour du Mans, elle a exercé quelques années comme institutrice jusqu'à la rencontre avec mon grand-père. À vingt-six ans, le temps des grandes vacances, elle épousait un inconnu qui en avait dix-neuf et partait s'installer avec lui à Sfax, dans sa tribu.

J'ai le souvenir de sa mère, mon arrière-grand-mère. Une Dupuy. Dans la famille, il y avait les rares qui tenaient des Dupuy, à petit nez, et les autres. Je l'ai connue à la toute fin de sa vie. Il me reste une image de dévote clouée au grand lit d'une chambre tout en lambris foncé. Elle est relevée, appuyée contre le battant. Ses cheveux, blancs, sont si longs et raides qu'ils atteignent le drap, blanc, qui recouvre ses jambes. Elle porte une chemise de nuit, blanche, impeccable, qui s'enfonce sous les draps. Elle a le même visage que celui du Christ cloué sur sa croix, au-dessus d'elle, comme seul décor de la pièce. Elle pose sur moi un regard transparent, avance une main sèche et bleue. Je m'assois sur le bord du lit et je reste un moment comme cela, sans parler.

Elle vivait avec son autre fille et son gendre, dans ce grand appartement qui surplombait le Gave. Aujourd'hui encore, j'ai du mal à concevoir que ma grand-mère faisait partie de la même famille. Je ne les ai jamais vues ensemble, avec sa mère. Quand mes parents faisaient leur visite, elle ne les accompagnait pas.

Elle ne parlait pas de son enfance. De sa jeunesse d'avant la Tunisie, je n'ai retenu que la rencontre avec mon grand-père et son séjour au Mans. Une année, à l'occasion d'un voyage à Paris, le seul que je lui ai vu faire en dehors des venues à Nice, elle avait tenu à retourner dans la ville de ses études, ce qu'elle n'avait jamais fait. Dans son émotion, j'ai senti le souvenir d'une période heureuse.

Il m'était impossible d'imaginer ma grand-mère jeune. Vieille, elle était obèse, impotente, sourde et une cataracte la rendait à moitié aveugle. Elle ne sentait pas très bon et s'exprimait de façon un peu sèche, en bien comme en mal, comme pour couper court à tout dialogue qui lui serait impossible de tenir, à cause de sa surdité. Pour moi, elle avait toujours été vieille. Aujourd'hui, j'ai l'âge qu'elle avait quand je l'ai connue et je peux m'identifier à elle. Je découvre, à cinquante ans d'intervalle, une même capacité à nous forger une vie intérieure, inexprimée, mélange hybride du passé, comme si tous les événements vécus s'y présentaient en vrac, non datés, des lectures aussi, vectrices de rêves, enfin de l'observation du monde, des proches, notre ancrage au réel.

Parce qu'elle avait vécu dans mon quartier à Paris, je me suis intéressé à Louise Michel, l'héroïne de la Commune. Je finis par me passionner pour elle, jusqu'à écrire une biographie sur la première partie de sa vie, du temps où elle était institutrice. À son époque, au milieu du XIXe siècle, l'enseignement laïque était seulement prodigué dans des écoles privées et payantes, comme la sienne. À l'époque de ma grand-mère, dans les années 1920, l'enseignement public était laïc mais la moralité qu'on exigeait des institutrices n'avait pas changé. La morale était devenue républicaine. Entre autres, une allure modeste était demandée, les jeunes femmes devaient rester à leur place, recommandations que l'on n'appliquait pas aux hommes. « L'institutrice surtout aura à se surveiller, décrivait le code Soleil, la bible qu'on remettait aux nouvelles diplômées. Pas de coquetterie excessive, mais pas question de ne pas se distinguer des gardeuses d'oies. » Les maîtresses subissaient le même paternalisme qu'au XIXe siècle. Les soixante-dix années qui séparaient ma grand-mère de Louise Michel n'avaient vu que peu d'évolutions de la société.

À vingt ans, après une année d'École normale où son tempérament révolté lui avait valu quelques réprimandes du préfet et surtout son échec au brevet d'institutrice, Louise Michel fut envoyée pour quelques mois en pension dans la région parisienne depuis sa Haute-Marne natale. Aujourd'hui, je fais le parallèle avec l'éloignement de ma grand-mère au Mans. Les paysages, le train, le pensionnat, l'origine provinciale, le caractère rebelle, leur condition de femme infantilisée, la frustration de liberté, tout les rapproche. Quelque temps plus tard, au même âge de vingt-six ans, Louise quittera la Haute-Marne pour Paris, et ma grand-mère le Béarn pour la Tunisie. Les deux femmes avaient besoin d'ailleurs.

Je ne savais pas quel était le métier de mon grand-père en Tunisie. Le café de la Régence, il l'avait évoqué comme un souvenir d'adolescent. Après son mariage, je n'ai aucun souvenir qu'il en ait parlé. En France, après leur installation à Oloron, il travaillait à la préfecture de Pau, au service des cartes d'identité, passeports et permis de conduire. Il y inscrivait à la plume les nom, prénom, date de naissance, adresse et signe particulier. Il le faisait d'une écriture parfaite, avec une graphie digne d'un atelier d'art. Pau se situe à une quarantaine de kilomètres et cet aller-retour quotidien, qu'il parcourait en Simca 1000, était à la fois une corvée et une fierté qu'il aimait raconter. À Sfax, il n'avait pas de voiture et n'a passé son permis qu'en France, à plus de quarante-cinq ans. En fin de carrière, il a obtenu d'être muté à la sous-préfecture d'Oloron, pour le même travail. Des voisins exhibaient leurs papiers d'identité simplement pour faire admirer les circonvolutions de leurs initiales dessinées par mon grand-père. À la retraite, ce poste lui conférait encore un petit pouvoir. Comme il avait gardé de bons contacts avec ses anciens collègues, il pouvait faire passer au-dessus de la pile une demande de papiers. En 1980, c'est lui qui m'avait obtenu à temps mon passeport pour la Tunisie, alors que ni lui-même ni ma grand-mère n'étaient du voyage. Il n'y retournera que veuf, avec une autre femme.

Au dehors comme à la maison, il n'avait rien de la langueur supposée orientale par les orientalistes. Il marchait vite, faisait tout avec de grands gestes et parlait fort. Les jours de grand ménage, il agitait balai, pelle, seau et frottoir autour de ma grand-mère plongée dans le silence de ses romans-photos. Il ouvrait et fermait les tiroirs à grands coups. Il cassait beaucoup de vaisselle. Comme il avait peu de patience pour attendre et surveiller, il faisait toujours plusieurs choses en même temps. Au petit déjeuner, le lait débordait, le pain brûlait sur le grilloir. Qu'à cela ne tienne, il grattait la surface des tartines et la croûte de lait durci sur la gazinière.

Au volant, il passait les vitesses sans ménagement, en forçant lorsque le levier résistait. L'engrenage grinçait, une odeur de ferraille brûlée emplissait l'habitacle, mais la Simca tenait le choc. Il roulait vite, parlait en conduisant, détournant son regard de la route. Il connaissait par cœur tous les chemins du Béarn. Les promenades avec ma grand-mère étaient les seuls moments où il prenait le temps. Ils commentaient l'avancement des saisons, la réfection ou la détérioration des routes, les nouveaux quartiers, les commerces, se remémoraient les gens en fonction des lieux. Qu'est devenu untel ? Celle-ci est morte, ceux-ci sont partis.

Nous passions dans une ferme où un petit cousin de ma grand-mère, un berger, produisait tomme et charcuterie. Dans une grange, les fromages reposaient sur plusieurs niveaux d'étagères en bois. Les jambons et les saucissons pendaient à de longues ficelles accrochées au plancher d'une mezzanine. Le berger me tendait des petits cylindres de tomme, au bout d'une sonde, pour me faire goûter. Mon grand-père s'extasiait – Formidable ! était parmi ses expressions favorites. Ma grand-mère mâchonnait, gênée par son dentier. À la fin, c'est elle qui choisissait.

Ils passaient quelquefois au terrain mais les relations étaient tendues avec celui de ses frères qui avait le mieux réussi, Georges. Il travaillait dans les ponts et chaussées et la ville et ses alentours lui devaient un grand nombre d'infrastructures, disait-on. De fait, en l'absence de ma grand-mère, il avait pris le leadership de la famille. Il avait le nez puissant et l'accent rocailleux des Béarnais. Sa femme, Arlette, ne portait que des pantalons, ce qui à Oloron en faisait une femme d'avant-garde. À la retraite, il avait choisi un neveu, qui logeait aussi au terrain, pour lui succéder à la ville. La famille lui était redevable. Il était gentil mais il posait et étalait ses connaissances dans tous les domaines, ce qui agaçait ma grand-mère. À l'inverse de sa sœur aînée, il montrait tous les signes de la bourgeoisie progressiste. L'équipement de la maison était d'une modernité digne d'un foyer américain, avec une salle de gymnastique équipée d'un vélo d'appartement et d'agrès de musculation. Comme le terrain était en pente, il fallait grimper de nombreuses marches pour accéder à maison. Alors, pour éviter trop d'efforts, il avait fait installer une sorte de funiculaire monte-charge qui, depuis le portail du terrain, déposait courses et livraisons directement sur le palier de la cuisine.

Il avait un concurrent au terrain, son beau-frère, dans les ponts et chaussées lui aussi, mais plus discret. Ce Normand, au joli nom de Mirebeau, avait épousé la sœur de ma grand-mère. Dans le Béarn où l'on donne des petits noms à tout le monde, ils étaient tonton Mimi et tata Milette. Ma grand-mère c'était Lolo pour Laurence, et mon grand-père Alfré pour Alfred. On prononce rarement les consonnes finales quand il le faut, on dit baské pour basket, mais parfois celles qu'il ne faut pas, comme poulett pour poulet.

Tonton Mimi et tata Milette avaient quitté l'appartement monacal du centre-ville à la mort de mon arrière-grand-mère. C'est à ce moment-là qu'ils ont construit les villas. Leur intérieur était plus raffiné que celui de Georges et Arlette. Des meubles aux lignes épurées, en bois clair, tranchaient avec le style de la région, plus sombre et massif. Mimi mourut assez jeune, laissant ma tante esseulée dans cette maison trop grande, pour de longues années.

Aucun des deux couples, les plus aisés de la famille, n'avaient d'enfants. Il en résultait une concurrence sourde entre les neveux, dont mon père, pour bénéficier de leurs largesses. Georges et sa femme possédaient deux maisons de vacances, un chalet de montagne à Gourette, et un grand cabanon à toit d'un seul versant, au Vieux-Boucau sur la côte Atlantique. En saison, ils les mettaient à disposition de leurs neveux en établissant un planning équitable d'une semaine par famille, pour éviter les tensions.

À leur mort, le partage a été plus compliqué. Une des nièces, qui habitait sur place et avait vécu là toute sa vie, a été naturellement avantagée. Mon grand-père n'habitait plus Oloron. À la mort de ma grand-mère, il avait vendu la maison de la cité ouvrière pour déménager à Antibes. Les Tunisiens ne passaient plus dans le Béarn que pour les enterrements et les mariages, de rares fois en allant à Bayonne chez un frère de mon grand-père. Mes parents visaient l'appartement au bord du Gave, qu'ils n'ont pas obtenu. Ma mère qui attachait de l'importance aux héritages, tous les héritages, s'en est trouvée aigrie. Ils ne passaient quasiment plus à Oloron. Quant à moi, je n'y suis plus retourné depuis la mort de mon grand-père, aux derniers jours de 1999. Ça reste la seule fois où mes enfants y sont allés, et ils ne s'en souviennent plus. La Tunisie était le pays imaginaire de mes origines, le Béarn est le pays perdu de mon enfance. J'ai appris par Internet que mon cousin Jean, avec lequel je faisais les quatre cents coups au terrain pendant les vacances, était le nouveau directeur de la Caisse d'Épargne d'Oloron, comme notre arrière-grand-père. Même si le poste n'a plus le même prestige qu'il y a cent ans, la notabilité de la famille s'est perpétuée, amputée de sa branche tunisienne.

Malgré les vingt-cinq ans passés à Oloron, mon grand-père ne s'y était intégré qu'en surface. Dès que ma grand-mère est morte, il a quitté la région. Du jour au lendemain, il a abandonné sans hésiter le jardin, son œuvre, perdu de vue les voisins, les commerçants avec lesquels il plaisantait, et qui l'appréciaient. Il ne s'est plus inspiré des prairies à moutons, qui avaient remplacé les dromadaires dans le désert sur ses toiles. Comme tous les hommes de la famille maltaise, il était peintre du dimanche, avec plaisir et sans prétention. Quitter sa belle-famille lui a été plus facile. Tout le monde l'aimait, ses allures pressées et dégingandées le rendaient sympathique. Aux banquets il poussait la chansonnette, grattait la mandoline et faisait danser les belles-sœurs, une fleur à la boutonnière de son costume blanc. Mais au fond, ils ne le prenaient pas au sérieux.

Il a laissé Oloron pour Bernadette, sa maîtresse. Je ne l'ai appris que plus tard, c'était indiscernable quand nous étions chez eux en vacances. Je ne voyais qu'un grand-père investi pleinement dans la maison, s'activant du matin au soir pour que tout le monde soit bien, dominé par ma grand-mère impotente. La liaison, dont je ne connais pas le détail, datait du temps où il travaillait. Bernadette avait depuis longtemps quitté la région avec son mari, pour Montpellier. À la mort de ma grand-mère, il s'est rapproché d'elle. Elle avait divorcé, peut-être à ce moment-là, peut-être avant. C'était donc une vraie histoire d'amour, sur la durée, avec des rebondissements. Ma grand-mère était-elle au courant ? Aujourd'hui je pense qu'ils avaient conclu un *modus vivendi*, et que ses longues bouderies, plus certainement des angoisses, en étaient la conséquence, quand ça faisait trop mal.

Mon grand-père a vécu par périodes avec Bernadette, chez elle à Montpellier. Mais avec l'argent de la maison d'Oloron, il a acheté un micro-studio à Antibes, comme de nombreux veufs. Quand, au bout de quelques années, ils se sont séparés, il est venu s'y installer définitivement. Il se baladait une grande partie de la journée sur le bord de mer, à la recherche de nouvelles femmes à séduire, parfois bien plus jeunes que ses quatre-vingts ans. Il était fier de nous les présenter, en exhibait les photos.

Antibes, c'était la ville où parfois ils venaient séjourner, hors saison, avec ma grand-mère. Ils louaient un studio où je pouvais rester dormir, le samedi. J'ai le souvenir du bruit des vagues qui, la nuit, me berçait et des micro-crevettes qu'on achetait au marché. Mais mon grand-père n'était pas un nostalgique. Il avait rangé ma grand-mère et Oloron dans sa boîte à souvenirs comme vingt-cinq ans plus tôt il l'avait fait de la Tunisie. Son autre réplique préférée avec « c'est formidable ! », c'était « aller de l'avant ». Son attitude mettait en rage mes parents. Ils l'infantilisaient, lui reprochaient sa naïveté, le mettaient en garde contre les femmes mal intentionnées qui profiteraient de lui. Ces dragueuses de veufs et vieux célibataires avaient leur réputation sur la Côte. Si c'était le cas, elles n'avaient pas gagné le gros lot avec mon grand-père. Tout son patrimoine était placé dans le micro-studio et il vivait sur sa petite retraite. Il n'avait plus de voiture. Depuis un accident dont il était sorti miraculeusement indemne, il avait décidé d'arrêter de conduire. Je me souviens de deux de ces Antiboises. La première, je ne l'ai vue qu'en image de fond d'un plateau qu'elle lui avait offert. Elle posait en tenue léopard allongée sur un sofa façon Marylin, la tête appuyée sur son avant-bras. Je lui donnais entre soixante et soixante-dix ans. Il était fier de la montrer à mes parents qui, eux, s'étranglaient d'un sourire idiot, sans paroles. La seconde, que l'on a connue, était à l'opposé, une jeune femme d'une trentaine d'années, institutrice ou professeure, grande, d'une allure légèrement dégingandée. Elle était intelligente et gentille, avait du charme. La famille se demandait ce qu'elle pouvait bien faire avec mon grand-père, de quarante-cinq ans son aîné. Pour cette seule raison, et peut-être deux ou trois attitudes non conformes aux traditions du clan, elle passait pour un peu folle. Je ne me lancerai pas dans l'analyse des raisons de leur liaison, qui n'a duré que quelques mois, car je sais la complexité des relations amoureuses. Je garde simplement de notre unique rencontre l'impression que, s'ils n'allaient pas bien ensemble, ils étaient bien ensemble, à leur manière, sans effusions mais avec une forme de complicité.

Avec Bernadette, qu'il a retrouvée après la mort de ma grand-mère, ils étaient déjà vieux couple avant même de vivre ensemble. S'aimaient-ils toujours ? Mais comment ne pas tenir la promesse d'une vie, de se retrouver dès que ça serait possible. Peut-être s'est-il obligé de la rejoindre comme il s'était obligé de rester avec ma grand-mère jusqu'à sa mort. Parfois, il se plaignait de sa nouvelle compagne à ses fils. Mais il l'avait emmenée en Tunisie aussi, alors qu'il n'y était jamais retourné avec ma grand-mère.

Il agissait comme s'il n'avait pas conscience des conséquences de ses actes sur son entourage. Pourtant, il n'était ni égoïste ni égocentrique. Quand on lui rendait visite à son studio, il avait cuisiné une de ses spécialités, poisson grillé, pommes de terre rissolées croquantes ou poulet basquaise. Il était toujours heureux de nous voir et quand je lui racontais ma vie qui commençait, études, boulot, amour, il trouvait tout « formidable ». Il ne donnait jamais de leçons de vie ni ne comparait avec sa propre expérience. En dehors de ces visites ou des réunions de famille – Noël, anniversaires, vacances – qui se déroulaient toujours chez mes parents dans le Var, il ne prenait jamais de nouvelles directes. Il ne prétendait pas non plus à une quelconque autorité avec nous, ses petits-enfants. Je ne sais pas quel genre de père il avait été plus jeune, mais à la soixantaine, où commencent mes souvenirs de lui, il n'était plus le chef de famille. Mon père avait endossé ce rôle avant l'âge, parce qu'il avait fait la guerre d'Algérie, en tant que sous-officier de réserve. Mon grand-père, lui, était un trouillard assumé, et montrait à ce sujet beaucoup d'autodérision. C'était une attitude courageuse pour un homme de sa génération. Il racontait comment il avait évité la mobilisation en 1939 grâce à un problème pulmonaire. Il mimait les gestes souffreteux qu'il avait joués devant la commission, la main sur la poitrine, qu'il avait anormalement creuse.

Sfax fut occupée par les troupes italiennes et allemandes en novembre 1942, puis abondamment bombardée par les alliés jusqu'à sa libération en avril 1943. Mille deux cents civils furent tués. Les Juifs de la ville subirent les lois raciales de Vichy et n'échappèrent à la déportation que par la défection du bateau allemand qui devait les conduire en Europe, juste avant le départ des troupes d'occupation. De la même période racontée par mon grand-père, je n'avais retenu qu'une anecdote, au sujet d'un événement ridicule subi par un oncle. Il était sur le trône des WC lorsqu'une bombe s'écrasa sur la fosse septique. Il fut projeté au plafond par un jet d'excréments, soufflé par l'explosion dans les canalisations. Pas un mot sur les lois anti-juives, pas un mot sur le centre-ville détruit. Rien de ma grand-mère non plus, pas le souvenir d'une discussion, elle l'humaniste. Qu'en pensait-elle ? A-t-elle fait acte de résistance, même symbolique, en tant qu'enseignante, ou a-t-elle suivi sans piper mot les instructions de Vichy ? J'avais dix-huit ans lorsqu'elle est morte, j'étais politisé, en âge d'avoir ces discussions. La surdité les rendait plus difficiles, mais pas impossibles. Je regrette de ne pas avoir eu les connaissances d'aujourd'hui, d'avoir été trop jeune lorsque c'était possible. Je regrette de ne pas lui avoir posé ces questions.

À Oloron aussi perduraient des non-dits depuis la guerre. Les activités autour du camp de Gurs en étaient l'objet. De 1938 jusqu'en 1946, les gouvernements successifs, Vichy mais aussi les précédents comme les suivants, y ont parqué des hommes et des femmes qu'ils estimaient ne pas devoir laisser libres de leurs mouvements : réfugiés espagnols fuyant le franquisme, communistes au temps du pacte germano-soviétique, Juifs étrangers en transit pour Drancy, apatrides, Gitans, droits communs. À la Libération, ce furent des collaborateurs mais aussi des résistants espagnols jugés dangereux par les Alliés. Le camp, qui se situait à quelques kilomètres d'Oloron, a compté plus de 60 000 retenus. Il représentait un poids important dans l'économie de la région. Il avait fallu le construire, puis l'entretenir et nourrir ses occupants. J'ai entendu quelquefois un des frères de ma grand-mère, peut-être Robert, celui du centre-ville, prononcer « Celui-ci, il travaillait pour le camp », comme s'il parlait d'un collabo.

Je découvre aujourd'hui que leur frère Georges, le leader de la famille oloronaise avait été responsable du service des ponts et chaussées du camp. Il y a connu sa femme Arlette qui était la secrétaire du service, un temps logée sur le site. Ni eux, auxquels jusqu'à mes vingt ans je rendais visite régulièrement, ni mes parents ne m'en ont jamais parlé. Pourtant, Arlette a livré plusieurs témoignages dont un de plus de cinq heures, filmé en janvier 2000, dans le cadre d'un projet mémoriel du Musée commémoratif de l'Holocauste, aux États-Unis.

Elle raconte la vie quotidienne du camp, l'horreur dans sa plus grande banalité. Le passage le plus glaçant évoque la responsabilité du service des ponts et chaussées, chargé de réquisitionner camions et chauffeurs pour expédier les Juifs par convoi vers l'Allemagne où une mort certaine les attendait.[1]

À l'indépendance de la Tunisie, Adolphe, le Maltais, était toujours vivant. Il passait de longues périodes chez mes grands-parents à Oloron, dont je n'ai gardé qu'une seule histoire, que les boute-en-train de la famille évoquaient avec gaillardise. Vieillard de plus de quatre-vingt-cinq ans, il « courait » après la bonne. À propos des vingt-deux enfants, que mon arrière-grand-mère Adelina avait mis au monde, on rapportait un bon mot du médecin accoucheur. Il disait d'Adolphe que lorsqu'il posait son chapeau sur le lit, il fallait prévoir un accouchement neuf mois plus tard. Adelina est morte en couche à quarante ans. Elle avait eu des grossesses multiples, et quelques mort-nés. Adolphe épousa une seconde femme, qui mourut aussi avant lui, et avec laquelle il eut deux filles. La famille ne l'évoquait que sous le qualificatif de « la marâtre ».

Je ne sais pas, ou plus, en quelle année est mort le Maltais ni où il est enterré. Sa mémoire n'était pas entretenue. Je ne sais pas en quelle année exacte est morte mon arrière-grand-mère. Lors du voyage de 1980, nous avons visité des cimetières, peut-être ai-je vu sa tombe, auprès de ses enfants mort-nés. Je ne sais pas non plus ce qu'il est advenu de la marâtre, si elle est morte avant l'indépendance, ni où elle est enterrée. Je rends hommage à ces deux femmes en inscrivant ici leur nom, comme au mur intime de mes martyrs : Adelina Giangreco, qui dans sa vie a été le plus souvent enceinte, et Conception Barberis, qui a élevé les derniers enfants d'Adelina, en plus des deux siens, nés à un an d'écart.

Leurs enfants se sont disséminés dans une grande partie de la France, jusqu'à la Loire, parfois groupés par deux ou trois. Corse, Toulon, Toulouse, Pays basque, les sœurs à Saint-Benoît-sur-Loire.

À Toulon, c'était la femme du frère aîné, mort avant ma naissance. Elle habitait dans un HLM avec vue sur le port. Elle portait un imposant faux chignon et parlait très fort, d'une voix stridente. Je l'appelais la

Castafiore. La visite chez elle était une première station de la longue procession qui chaque été, nous menait de Nice à Oloron.

Les deux Corses ont bâti leur clan autour de Porto-Vecchio. Garagiste, restaurateur, enseignant et même chanteur dans un groupe polyphonique. En une génération, ils se sont fondus à la population. Mon nom est connu dans la région et les commerçants, quand ils en ont connaissance, ne me considèrent pas comme un touriste. Un des membres du clan y a fait ajouter un « i » pour effacer complètement son origine.

Je n'ai pas connu celui de Toulouse, mais j'ai croisé son fils le jour de l'enterrement de ma grand-mère. Dans la maison d'Oloron où quelques membres de la famille s'étaient réunis, je me souviens avoir été réveillé en sursaut par le cri strident de la Castafiore. En ouvrant la porte au coup de sonnette, elle avait lâché un long et tonitruant « c'est Pauuulo le fils d'Édouaaaard ! » qui avait fait trembler les murs.

Des deux qui avaient atterri au Pays basque, il y avait celui qu'on fréquentait le plus régulièrement de toute la fratrie. Il habitait Anglet, sa femme était d'Oloron, comme ma grand-mère. Les deux couples s'étaient-ils rencontrés en même temps lors de ce voyage mythique de la fin des années vingt ? Ou alors ma grand-mère les avait-elle présentés, plus tard, lors d'un séjour dans sa famille ? Je ne sais rien de leurs voyages à cette époque. Les souvenirs d'enfance de mon père ne s'éloignaient jamais de Sfax. L'oncle d'Anglet avait une obsession. Il s'était lancé dans une action judiciaire sans fin pour obtenir une indemnisation de l'État. Comme tant d'autres, il avait vendu sa maison dans la précipitation en quittant la Tunisie. Il estimait, selon l'expression juridique qu'il psalmodiait, avoir été « spolié à vil prix ». Les autres compatissaient, se moquaient de lui, parfois, à demi-mots. Comme mon grand-père, il parlait fort, avec de grands gestes. Il aimait que la jeunesse s'amuse et faisait notre taxi pour nous emmener, mes cousins, cousines et moi, aux bals de la région. Il avait une Simca 1100, un modèle sportif, plus puissant que celui de mon grand-père, qu'il conduisait pied au plancher. La famille d'Anglet, d'une dizaine de membres avec les deux filles, les gendres et les petits-enfants, vivait groupée dans une maison Phenix en U qui n'en finissait pas de poser des problèmes. C'était à une petite heure d'Oloron et nous nous y rendions au moins une fois l'été. Ils nous laissaient toujours leurs chambres et s'arrangeaient pour dormir. Il régnait une ambiance de fête. On embrochait un mouton pour le méchoui et on jouait au Noufi jusqu'à très tard, autour d'une immense table ovale, adultes et enfants mélangés.

Un autre frère habitait à Bayonne, ville limitrophe, mais on ne le voyait jamais. Il vivait reclus avec son fils schizophrène, auquel il se consacrait entièrement. Seule sa femme nous rejoignait chez la famille d'Anglet, quand nous y séjournions. Le fils avait un vrai talent de peintre. Je ne sais pas ce qu'il est devenu quand son père est mort. Il avait cinquante ans passés, et n'avait jamais vécu, ni seul ni en institution. Sa mère, quant à elle, était morte bien plus tôt, laissant le couple père-fils seul pour de longues années, dans leur petit appartement du centre-ville. Je n'y ai pénétré qu'une seule fois, pour quelques minutes. Je me souviens seulement d'une œuvre du fils, un Charlot, accroché dans un couloir sombre.

Nous sommes passés quelquefois chez les demi-sœurs du Loiret, dont je me souviens d'une seule, lors du voyage mythique à Paris et au Mans. Avec les jeunes de la famille, nous étions allés voler des légumes dans les champs avoisinants. La route traversait des parcelles à perte de vue. Deux voitures ne pouvaient s'y croiser que difficilement, mais ça ne les empêchait pas de rouler vite. Ils racontaient qu'en période de récolte, les betteraves écrasées rendaient les routes glissantes et provoquaient des accidents. Le « prélèvement » des légumes étaient une habitude tolérée des villageois, comme une taxe locale sur les grandes exploitations de la région.

Du côté de cette famille maltaise, aucune histoire de haine ou de ressenti entre frères et sœurs n'a été rapportée devant moi. Pas de jalousies ressassées pendant les repas. Contrairement à la famille de ma grand-mère, il n'y avait pas de patrimoine à partager. Le Maltais est mort pauvre, ce qui simplifiait les relations entre ses enfants. Seuls, peut-être, les tours de garde de l'aïeul avaient-ils posé des problèmes entre eux. Ils avaient vécu ensemble une enfance dure dans une fratrie atypique, démesurée. Dès l'adolescence, n'envisageant aucunes études au-delà du certificat, ils avaient payé leur dû au clan, en travaillant à la brasserie, avant de fonder leur propre famille. Ils étaient restés groupés jusqu'à l'indépendance, puis le rapatriement les avait éparpillés. Les plus éloignés ne se voyaient que rarement, mais un lien invisible, fort, les rattachait tous, forgé dans cette jeunesse tribale des faubourgs de Sfax.

*

Depuis la rupture avec mes parents, je n'ai plus que quelques relations familiales. Je discute parfois de la famille maternelle avec mon cousin germain Raphaël, plus jeune que moi. Lui-même n'a qu'une connaissance indirecte de nos ancêtres, faite de souvenirs rapportés par sa mère, dont la mémoire a fui presque entièrement. Il y aussi ma cousine Alix dont je suis proche depuis l'adolescence. Mon arrière-grand-mère maternelle et sa grand-mère étaient sœurs. Mais sa famille a quitté plus tôt la Tunisie pour les colonies d'Asie. Enfants, nous n'avons pas baigné dans le même imaginaire.

Je rencontre une fois par an d'autres cousins éloignés, toujours de la branche maternelle, à l'occasion de l'anniversaire de l'un d'entre eux où, traditionnellement, il nous réunit. Je ne les vraiment connus qu'après la rupture avec ma famille. Eux aussi sont plus jeunes et nous n'avons que de rares souvenirs communs, que nous n'évoquons jamais. Plus récemment, depuis que j'ai commencé ce travail de mémoire, j'échange avec leurs mères. Nicole et Élisabeth, cousines germaines de la mienne, ont vécu une partie de leur adolescence en Afrique du Nord. Ainsi je peux confronter mon roman familial à leurs propres souvenirs.

La figure de référence de cette branche maternelle, pendante du Maltais, était mon arrière-grand-père Victor, né Italien, originaire de Toscane, professeur, réputé poète. Il vivait à Sousse, ville bourgeoise, tournée vers les arts et la culture qu'on opposait à Sfax la travailleuse. Il a écrit un recueil de poésie, les *Songes Bleus*, que je n'ai jamais eu entre les mains. Il avait donné le même nom à sa maison, dont ma mère gardait des souvenirs d'enfance heureux. On disait que dans sa jeunesse il avait été proche de d'Annunzio. La biographie de cet écrivain nationaliste italien donne le tournis. Auteur prodige et populaire,

26

aventurier, héros de la guerre de 14, il naviaga de l'extrême-gauche à l'extrême-droite. Mon ancêtre, dont un portrait photographique austère trônait dans notre couloir, avait-il eu la trempe de le suivre dans ses extravagances ?

Rien à ce sujet ne m'a été rapporté par le canal familial. J'ai connu sa femme, mon arrière-grand-mère Judith, qu'on n'appelait que Mémé-de-Sousse, à la fin de sa vie. Elle vivait depuis le rapatriement au huitième étage d'une barre HLM à Montpellier. Elle était quasiment mutique. Le couple avait trois filles, dont ma grand-mère. Nous fréquentions régulièrement mes deux grands-tantes. Aucune des trois ne parlaient devant moi de leur père, et peu de leur enfance. Leur italianité s'était largement effacée, mis à part dans quelques expressions réflexes, injures ou incantations comme *va fanculo* ou *santa madona di Trapani*. Ma grand-mère lisait *Oggi*, hebdomadaire tout en images entre *Paris-Match* et *Point de vue*. Le journal, créé en 1939 avait été un temps interdit par le régime fasciste pour défaitisme. Son créateur était un producteur de cinéma ostracisé par le pouvoir. À cette époque, Elsa Morante et d'autres écrivains qui deviendront célèbres, publiaient dans le journal. La famille lisait-elle déjà *Oggi* pendant la guerre, ou plus tard ? La campagne de Tunisie a commencé fin 1942, voyant dans un premier temps les troupes allemandes et italiennes avancer et occuper les villes. Les autorités locales ne se décidaient pas à choisir leur camp entre l'Axe et les Alliés. Ma grand-mère avait trente-deux ans et attendait son troisième enfant, sa mère cinquante-deux. De quelle teneur étaient les discussions familiales à la villa des *Songes bleus* ? « Il professore » exprimait obligatoirement une opinion, mais je n'ai pas assez d'éléments pour la connaître.

Une sœur de ma grand-mère, celle qui habitait Nice quand je l'ai connue, avait suivi des études jusqu'en licence, ce qui était rare pour l'époque, et épousé un professeur d'université. C'était une femme cultivée, par ailleurs très croyante. Elle défendait ses convictions avec détermination. Aux repas, elle affrontait les mâles dominants de la famille, fumant cigarette sur cigarette. Son humour et sa répartie les piquaient au vif. Mon grand-père maternel, émotif et colérique, ne supportait pas le caractère de sa belle-sœur. En sa présence, il bouillait. Sa foi était démonstrative. À la messe, sa voix de cantatrice, déformée par le tabagisme, dominait. On disait qu'elle passait parfois des nuits complètes à prier devant l'autel. Enfant, j'aimais bien son exubérance. Son mari, grammairien de renom, ne l'affrontait jamais en public, laissant planer un sourire distant lors des joutes familiales, dont on ne savait pas si elles l'amusaient ou l'agaçaient. Leur séparation, tardive et houleuse, fut un événement qui occupa les conversations. Dans leur génération, où les femmes subissaient souvent en silence les affres de leur mari, elle était exceptionnelle. Le couple était d'avant-garde. Ma grande-tante était la première féministe de la famille.

Ma grand-mère était plus réservée. Mais sans argumenter ni parfois même exprimer son opinion, tout dans son attitude montrait que rien ne pourrait l'en dévier. Un léger dodelinement de la tête enrageait ses interlocuteurs, en particulier mon grand-père, leur signifiant qu'ils s'épuiseraient sans obtenir de résultats. Par peur des disputes, elle esquivait les sujets polémiques avec pour seul résultat de les empirer. « Pas de politique ! » lançait-elle avant les repas.

Dans mon souvenir, sa sœur de Montpellier aimait bien blaguer avec moi. Elle s'intéressait aux enfants sans les infantiliser. C'est aussi elle qui s'occupait principalement de l'arrière-grand-mère. Son mari évitait la famille. Le plus souvent, on la voyait seule. En Tunisie, il travaillait « dans les pétroles », et à la retraite s'adonnait à la pêche et à l'amitié. Il avait renoncé aux combats de coqs familiaux.

Une quatrième sœur était morte en bas âge, touchée par la scarlatine. L'histoire était taboue. Une rumeur familiale donnait la maltraitance comme cause possible du drame. Ma grand-mère ne l'évoquait jamais ni ne montrait de photos, mais elle avait donné le prénom de sa sœur disparue à sa fille, ma mère.

Une autre rumeur, plus romanesque, disait que ce n'était pas mon arrière-grand-mère qui était destinée au professeur. Il était engagé avec une autre sœur mais, lorsqu'il la rencontra en tomba si amoureux qu'il rompit ses fiançailles pour l'épouser, elle. Comment imaginer la très vieille personne que j'ai connue, dont l'obsession était de vérifier le gaz jusqu'à tard dans la nuit, se déplaçant comme un zombie dans son appartement, qui ne s'exprimait que par des borborygmes, avoir déclenché une telle passion. Aucun événement de sa jeunesse ou de sa vie de femme ne m'a été raconté. Une réflexion de sa part, la seule dont je me souviens, était quelquefois rapportée par les joyeux lurons de la famille. Aux premiers matches qu'elle avait vus à la télé, nouvellement achetée, elle s'était étonnée que les Noirs sachent jouer au football. Cette pensée autant que la moquerie qu'elle avait provoquée reflète le racisme paternaliste, colonial, qui régnait dans la famille. Même pour ma génération qui n'a pas connu l'Afrique de Nord, il est difficile de s'en débarrasser. Il colle à la peau. L'Africain, Noir ou Arabe, est un sous-homme, naïf, incapable de réflexion. Le Blanc, l'Européen, est de la race supérieure. Cet Africain-là, c'est l'Africain colonisé, soumis, inculte. Dans les histoires drôles qui animent les soirées et déclenchent les fous rires, l'Arabe était toujours le débile, comme le Juif était le pingre, l'Américain le vaniteux, le Maltais le malin. Le Français et l'Italien se partageaient les palmes de l'obsédé sexuel et du séducteur.

Je ne connais rien de l'enfance de mon grand-père maternel Roger. Ni lui ni ses frères ne me l'ont racontée précisément, ou alors trop tôt, à un âge où je ne m'y intéressais pas. Plus tard, ma mère ne l'évoquait jamais, et je ne l'interrogeais pas non plus. Je ne peux qu'extrapoler à partir ce que j'ai retenu naturellement, sans intention. Pourtant, adolescent, j'étais proche de lui. Avec ma grand-mère, ils étaient venus s'installer à Nice à la retraite. Ces cinq ou six années aujourd'hui me paraissent le double. J'avais seize ans lorsqu'il est mort.

Sur une liste de chrétiens baptisés de Tunisie où apparaît toute sa fratrie, j'apprends qu'il en était l'aîné et non son frère André, comme je le pensais. André est mort avant ma naissance et, enfant, j'imaginais que les plus vieux meurent toujours les premiers. Roger est né à Moknine mais a été baptisé à Hammam Lif, à deux cents kilomètres de distance. Deux de ses frères sont nés dans les trois ans qui ont suivi, à Sousse et Mahdia. Deux villes différentes et également éloignées. Mon arrière-grand-père Dormoy avait-il un métier qui obligeait la famille à se déplacer souvent ? Avant de faire mes propres recherches, je n'avais aucun souvenir d'une discussion familiale ou d'un portrait qui auraient pu m'éclairer. Le quatrième et dernier garçon est né quinze ans plus tard, de nouveau à Sousse, d'un second mariage. Leur mère s'était retrouvée veuve assez jeune, mais je ne savais pas comment était mort mon aïeul. Dans mon imaginaire, j'en avais fait un héros de la Première Guerre mondiale. J'ai connu mon arrière-grand-mère, qu'on appelait Bonne-Maman, très vieille. Elle se traînait dans le couloir d'un hôpital psychiatrique où on l'avait placée en guise de maison de retraite. C'était près de Toulouse, où mes grands-parents s'étaient installés au retour de Tunisie. La jeune sœur de ma mère, future psychiatre, y faisait ses premières gardes.

Mon grand-père Roger était réactionnaire, misogyne et colérique, mais il ne faisait peur à personne. C'était un émotif. Quand il s'énervait, il rougissait et son menton se mettait à trembler, ce qui annihilait tout effet terrifiant. Il était excessivement ventru, portait des pantalons taille haute et des chemisettes fines qui laissaient apparaître son tricot de corps mailles larges. Il fumait des cigares et, dans mes tout premiers souvenirs, conduisait une traction avant, ce qui lui donnait des airs de comptable d'Al Capone. C'était un bon vivant, il avait une bonne descente pendant les repas. Au dessert, il coupait des morceaux de pêches qu'il faisait tremper dans son vin. Aux grandes occasions, il emmenait la famille manger un couscous chez un restaurateur tunisien, juif ou arabe je ne savais pas faire la différence, qu'il avait retrouvé à Nice.

Dans leur appartement, mes grands-parents possédaient quelques meubles et objets art-déco. Quelquefois, sa bande d'amis de Toulouse venait lui rendre visite. Ces jours-là, c'étaient les copains d'abord, façon Brassens. Parmi eux se trouvait un artiste peintre. Je me souviens qu'ils riaient beaucoup.

En Tunisie, il était greffier au tribunal de Sousse, à Toulouse je ne sais plus. À Nice, sa retraite ne devait pas être suffisante puisqu'il la complétait par une activité de courtier en assurances. Il parlait peu de son métier, plus souvent de projets d'entreprise qui avaient tourné court. À Sousse, sans quitter le greffe, il s'était lancé dans le commerce d'éponges, une spécialité du pays. La pratique des plongeurs tunisiens date de l'antiquité, en apnée puis en scaphandre dès le XIXe siècle. À une autre période, il avait ouvert une petite librairie dont ma grand-mère s'occupait. Je ne sais combien de temps avait duré ces expériences, mais elles revenaient régulièrement dans les conversations, évoquées avec si peu de précisions qu'elles étaient comme irréelles, restées à l'état de projet. Avec ses copains toulousains, il était question de galerie, de commerce d'art.

Parmi mes plus anciens souvenirs, à moins de six ans, se trouve celui d'une balade en traction avant. Nous avions pique-niqué sur un petit terrain qu'il avait acquis dans la campagne toulousaine. Je ne sais pas s'il avait le projet d'y construire une maison, dans tous les cas il ne l'a jamais réalisé. Nous nous contentions d'aller « au terrain », simplement pour rêver.

Plus tard, à Nice, il collectionnait les timbres et m'avait initié à son passe-temps. Il commandait des planches que nous placions ensemble dans un album qu'il m'avait offert et qu'il gardait précieusement dans l'armoire de son bureau. Nous récupérions aussi les timbres des enveloppes et cartes postales quand ils nous paraissaient rares. Il y en avait un très ancien qui nous semblait d'une grande valeur, mais nous ne l'avons jamais fait estimer. C'était mon trésor. Il m'avait appris la méthode de décollage, en laissant le support tremper dans de l'eau tiède, puis de sécher le timbre au sèche-cheveux. Je l'avais apprise à mon ami, le fils d'un concierge de la cité universitaire où nous habitions et dont mon père était le directeur. Les étudiants étrangers nous donnaient les enveloppes des lettres qu'ils recevaient de leur famille. Nous les classions par pays et avons constitué un bel album coloré des quatre coins du monde.

À cette époque, celle de l'école primaire, j'avais l'âme collectionneuse. Il y avait les départements français, offerts en pièces de puzzle dans les boîtes de Vache qui Rit, à placer sur une carte que j'avais récupérée au Casino ; les cartes Panini des joueurs de foot à coller par équipe dans un album ; les gadgets de Pif, dont les pois sauteurs à conserver sur un lit de coton humide ; les petites voitures de collection Majorette que je faisais rouler sur les routes dessinées par le tapis arabe du bureau de mon grand-père.

Avec les timbres, il m'avait transmis ce vice de la collection, mais en dilettante. Pas comme son ami de Montpellier, voisin de HLM de Mémé-de-Sousse, hasard du relogement des rapatriés. Cet ami possédait des classeurs bien fournis, mieux ordonnés, et des estimations à jour.

Mon grand-père ne s'énervait jamais contre moi. En revanche, j'ai le souvenir de ses coups de gueule contre ma grand-mère, ses belles-sœurs, contre Mitterrand, contre les femmes au volant. Il aimait les enfants, maladroitement, comme quelqu'un qui n'avait jamais changé une couche de sa vie. Je regrette de ne pas avoir retenu la relation qu'il avait avec son fils, homosexuel et mort du Sida quelques années après lui. Tout le monde savait mais personne n'en parlait, ou alors dans l'intimité des couples. Il n'avait pas fait son coming-out, ce qui lui permettait de garder de bonnes relations avec la famille. Homo assumé et extraverti à Paris, boute-en-train célibataire dans la famille à Nice. Pour ne renoncer ni à l'un ni à l'autre, il menait une double vie. La seule tentative dont j'ai été témoin a été de demander s'il pouvait venir accompagné d'un ami, un soir de Noël. On le lui a refusé au prétexte qu'on aurait été treize à table. Il avait une relation forte avec ma grand-mère. Il était son chouchou et en retour la protégeait. C'est à lui qu'elle confia la gestion de ses affaires lorsqu'elle s'est retrouvée veuve. Je ne sais plus qu'elle relation exacte avait mon grand-père avec son fils homosexuel. Je n'ai pas le souvenir d'un rejet violent, ni de dispute entre tous les deux. Quel sujet de discussion avaient-ils ? Parlaient-ils d'art, la seule passion commune que je leur connaissais ? D'affaires de justice, puisque tous les deux étaient du métier, l'un greffier, l'autre avocat ?

En Tunisie, mon grand-père était-il complice avec son fils enfant comme plus tard il l'a été avec moi ? Quand a-t-il compris son homosexualité ? Dans la famille, on racontait que mon oncle ne s'était jamais remis d'un chagrin d'amour avec une femme, à vingt-cinq ans. J'ai toujours pensé que c'était un leurre, une explication pratique qui justifiait pour qui voulait bien le croire l'absence de femme dans sa vie.

Les lacunes et les biais

Un roman sur la conquête coloniale de l'Algérie, *Attaquer la terre et le soleil,* de Mathieu Belezi, a gagné le prix du Livre Inter cette année. Ce matin, à la radio, l'écrivain franco-algérien Kamel Daoud, né en 1970 et qui vit à Oran, se réjouissait de ce succès et racontait que, comme moi, il ne connaissait rien de l'histoire de son pays avant la guerre d'indépendance, qui avait tout écrasé. Il rendait le FLN, parti unique, responsable de l'ignorance collective des générations d'après.

Pourquoi, et c'est peut-être le cas aussi pour Kamel Daoud, n'ai-je pas, avant mes soixante ans, cherché par moi-même à m'instruire sur la colonisation de l'Afrique du Nord, alors qu'elle me concerne de près ? Pourtant, sur d'autres sujets oubliés ou survolés par l'enseignement, comme la Commune de Paris ou le mouvement social au XIXe siècle, ou desquels j'étais moi-même passé à côté comme la dynastie des Valois ou la Contre-réforme en France, il m'est arrivé, sur des périodes courtes de quelques mois, de m'y intéresser de façon obsessionnelle.

Sur l'Afrique du Nord, mon idée était faite. La colonisation était une faute, l'indépendance en était la seule issue, et je n'ai même jamais eu l'idée d'en étudier l'histoire. D'ailleurs, je n'ai pas d'intérêt prépondérant pour l'histoire. J'y rentre par des portes dérobées, en suivant des chemins pour lesquels je n'ai aucun plan. Les Valois, c'est par les romans d'Alexandre Dumas, le mouvement social par la Commune de Paris, la Commune de Paris par Louise Michel, Louise Michel par la lecture d'un article qui relatait un événement qui s'était déroulé dans l'église de mon quartier. Elle avait enquêté sur des ossements retrouvés dans la crypte. Le curé était soupçonné d'y avoir séquestré des jeunes filles. La Contre-réforme, c'est par Louise de Marillac et Vincent de Paul, dont j'ai croisé les portraits dans cette même église. Au XVIIe siècle, ils avaient installé leurs congrégations dans ma rue.

En 1904, Louise Michel a fait une tournée de conférences en Algérie en compagnie d'Ernest Girault. Tous deux étaient anarchistes. Girault a relaté ce voyage dans un ouvrage, une Colonie d'enfer. J'étais stupéfié d'apprendre dans ce livre que, dans toutes les villes où ils passèrent, il existait des groupes de libres penseurs qui les recevaient et organisaient leurs réunions. Parmi eux de nombreux instituteurs, Européens ou Arabes, justifiaient l'action des groupes armés qui attaquaient régulièrement les positions françaises. Plus de soixante-dix ans après son commencement, la conquête de l'Algérie n'était pas achevée. En plus de la résistance organisée, il existait donc, dès la IIIe République, des opposants à la colonisation, y compris en Afrique du Nord.

Enfant de pieds-noirs élevé à l'école de la République, je ne savais pourtant rien de tout cela. Ni ma famille ni mes professeurs ne m'avaient enseigné les batailles, la résistance, les premiers anticolonialistes Français, et je n'avais pas cherché à m'instruire par moi-même. Rien ne s'opposait à la représentation du peuple arabe, inférieur et majoritairement soumis. Cette représentation inconsciente, je la prolongeais dans ma vision des immigrés en France, soumis aux patrons, acceptant sans broncher de survivre dans des taudis – aux portes de Nice s'étendait un immense bidonville – ou de s'entasser dans des appartements trop petits quand le regroupement familial leur a été accordé.

À cette vision se greffait celle du barbare, de l'égorgeur. L'instinct animal pouvait se réveiller chez n'importe quel individu de la race soumise, débordé par une pulsion sexuelle ou son avidité naturelle.

Alors, je devais combattre par la raison la méfiance et les idées préconçues, le racisme qui malgré moi coulait dans mes veines. C'était facile dans les discussions familiales, où l'opposition de principe à mes parents structurait ma pensée et me motivait. Mais dans la rue, ma perception instinctive, irraisonnée, ne butait sur aucun garde-fou. Malgré moi je me méfiais des jeunes Arabes, et à l'inverse j'avais de la compassion pour les vieux, deux pensées réflexes produites par une même cause. Oui, décidément, le racisme coulait dans mes veines.

L'anticolonialisme des amis de Girault et Louise Michel n'avait pas le même sens qu'aujourd'hui. Il visait les militaires et les religieux, mais pas la colonisation de peuplement. Il prônait l'éducation des Algériens mais pas le retrait du pays. Ils gardaient la vision d'un peuple enfant qu'il fallait guider. Ils excusaient les attaques des djich comme une réaction d'animaux sauvages défendant leur territoire de chasse.

Ainsi, même les anticolonialistes étaient imprégnés des stéréotypes colonialistes, ceux qui ont perduré bien après la guerre d'indépendance, et dont j'ai moi aussi été un porteur muet, à mon corps défendant.

Ce mois-ci, le monde a connu l'horreur du pogrom du Hamas sur les kibboutz d'Israël et la vengeance impitoyable de l'État juif sur la bande de Gaza. Une bombe tombée sur un hôpital de Gaza-Ville a encore tendu les opinions publiques. Le monde arabe accuse l'occident d'être complice du massacre des Palestiniens. Partout des manifestations, à la limite de tourner en émeutes, ont lieu devant les ambassades américaines. Dans de nombreux pays, on y associe la France. C'est le cas de la Tunisie, où la jeunesse fut particulièrement virulente, sans toutefois que la situation ne dégénère.

Nancy Huston, dans *l'Espèce fabulatrice*, affirme que la conscience que l'on a de toute chose est le produit d'un récit intérieur, inconscient, que l'on construit en même temps que l'on assiste aux événements, qu'ils soient banals et quotidiens, ou tragiques.

Nous inventons largement la réalité. La couleur, l'orientation de ce récit intérieur est façonnée par notre culture. Aux événements vécus s'ajoutent ceux, antérieurs, dont l'histoire nous a été transmise.

Quel est mon récit personnel ? Que doit-il au roman familial dans lequel j'ai baigné ? Que doit-il au roman national débité par l'école publique ? Comment a-t-il divergé de celui des Tunisiens ?

Comment, à soixante ans passés, l'exploration de mes origines et ma connaissance toute neuve de l'histoire de la Tunisie et de la colonisation vont-elles infléchir ce récit et, en conséquence, ma perception du monde ?

Je me suis toujours senti Français, profondément. Même si je rejetais les symboles nationaux – le drapeau, la Marseillaise, Johnny Halliday, l'armée – tous considérés comme de droite, donc à bannir, je baignais presque exclusivement dans la culture française.

Les profs de littérature magnifiaient les grands auteurs du Lagarde et Michard, de Villon à Baudelaire, en passant par le sommet du XVIIe siècle où une célèbre « corneille perchée sur la racine de la bruyère boit l'eau de la fontaine Molière ». Au lycée, ils abordaient les auteurs du

XXe, Laclos, Sartre, Camus, mais aucune littérature étrangère, ni même d'outremer.

Les profs d'histoire, quant à eux, déroulaient benoîtement le récit de la France éternelle, les rois, les Lumières, la Révolution, les Droits de l'homme, la laïcité, les grandes guerres… Mais rien sur la colonisation.

Hors l'école, je découvrais des auteurs contemporains mais toujours français, Duras, Sarraute, et quelques grands classiques étrangers, mais ils étaient récupérés par la littérature française, comme fondus. C'étaient des romans universels, et l'universalisme, c'est la France, évidemment. Parmi mes lectures, seuls les romans américains, de Fante à Bukowski cassaient les codes. Je voyais des artisans écrivains, racontant leur quotidien et celui de leur classe, une écriture « besogneuse », plus rémunératrice que l'usine. Un filon sans effets de style, simplement du brut. Ce sont eux qui me donnèrent envie d'écrire. Je suis donc devenu un écrivain inconnu et besogneux. Peut-être qu'à Los Angeles, au début du XXe siècle, j'aurais pu survivre de piges pour le cinéma ou de quelques feuilletons dans des journaux.

En musique mon univers se partageait entre la chanson française – Brassens, Le Forestier, Jonasz, Gainsbourg, Moustaki, Ferrat, Lavilliers, Sanson, France Gall – et les groupes de musique progressive, King Crimson, Pink Floyd, Yes – dont je ne comprenais pas les paroles et ne m'intéressais pas de savoir s'ils étaient anglais ou américains. Pas de musique arabe, je ne connaissais même pas le mot malouf. Mon grand-père Alfred, le seul qui aimait chanter et jouait de la mandoline, se faisait applaudir sur Petula Clark dans les baptêmes et les mariages.

À la maison, la tunisianité ne passait pas par l'art, sauf quelques croûtes de médinas ou de cavaliers du désert sur leur chameau, ni par la littérature. Elle ne passait pas non plus par le mobilier, sauf quelques détails décoratifs. Un plateau en cuivre, quelques poteries, dans un intérieur années 60-70 très hétéroclite, cuisine en Formica, mélange de meubles rustiques ou imitation de style classique. Tapisseries colorées. Même chez mes grands-parents, le style oriental ne prédominait pas. Rustique béarnais du côté paternel et une touche Arts déco côté maternel.

La tunisianité de ma famille était présente à bas bruit dans la langue. Ils n'avaient pas l'accent pied-noir caricatural que l'on connaît. Certains, qui passaient pour les sages, laissaient traîner les syllabes d'un air entendu, qu'ils accompagnaient de balancement de tête, façon de compléter les phrases par ce que l'interlocuteur savait déjà et qu'il était inutile d'exprimer clairement. Ces prolongements étaient souvent l'occasion d'une courte expression en arabe ou en italien. J'en ai retenu quelques-unes phonétiquement : arwéda, yarasra, zhâ, zoufi. Ma grand-mère maternelle y ajoutait les italo-chrétiennes : padre piu, filio santu, santa madona di Trapani, stronzo, colo stretto, sonnichio, plus quelques indéterminées, comme mastru cicciu. Ma grand-mère paternelle avait ramené de Tunisie le balancement de tête, mais l'associait à l'usage béarnais des suffixes ou des interjections pour exprimer toutes les nuances de sentiments : petiot, petiton, petitin, petiou, bêtasse, folasse, grandasse… Bah, beh, eh bé, Diou biban, hilh de pute…

S'il y a de l'italien, de l'arabe et même un zeste de béarnais dans ma tunisianité transmise par les mots, en revanche rien de maltais. Le vocabulaire courant, retrouvé sur le web ne m'évoque rien, à part ceux qui ressemble à l'italien – grazzi, skuzi – ou à l'arabe – kiff, tajjeb, sahha. Aucune chanson ne m'a été transmise et jusqu'à ces derniers temps je ne connaissais rien de l'histoire de Malte. Tout porte à croire que mon grand-père, Alfred, ne la connaissait pas non plus, au vu du peu de détail qu'il en donnait. Son père, Adolphe, était né à Sfax, et son grand-père, Stefano, à Tripoli. Il faut encore remonter d'une génération (la cinquième) pour trouver le premier natif de Malte, Antoine, né en 1787. Il quitta l'île à treize ans pour Tripoli, fuyant avec sa famille la misère dans laquelle l'occupation française, puis le blocus par les Anglais avaient laissé l'île.

L'ouverture d'enquête

Le roman familial a masqué l'histoire coloniale. Tout ce que j'ai appris bien plus tard et que l'Éducation nationale aussi avait passé sous silence. Même les journaux anticolonialistes se focalisaient sur la guerre d'indépendance, laissant au second plan, invisible à ceux qui ne faisaient pas l'effort d'approfondir, les cent vingt premières années, de la conquête de l'Algérie aux premières insurrections. Je baignais dans la nostalgie de la Tunisie et ne connaissais rien de son histoire.

Alors j'ai entrepris de remonter le fil de cette histoire jusqu'au début du XIXe siècle, en m'appuyant sur celle de mes ancêtres. Leur vie m'était inconnue, mais grâce à la diversité de leurs origines, je supposais qu'elle en ferait une famille témoin de l'histoire de la colonisation. Je me suis plongé dans ma généalogie en me limitant à mes ascendants directs, pour connaître les lieux où ils ont vécu, les événements qu'ils ont traversés. Je voulais comprendre comment et pour quelles raisons, en six générations, leurs lignées ont convergé vers Sfax, Tunisie, où mes parents se sont mariés en 1954.

Six générations, ça correspond aussi à tous ceux dont le souvenir aurait pu, même si ce n'est pas le cas, m'être raconté par des témoins directs. Les arrière-grands-parents de mes arrière-grands-parents. Au-delà, je perds toute forme de proximité. Même si nos ADN sont proches, mon imaginaire ne fonctionne pas avec mes ancêtres trop lointains. Ils sont obsolètes. Ils sortent du canevas sur lequel je pourrais broder une histoire familiale.

Les plus anciens qui étaient encore vivants à ma naissance sont Adolphe le Maltais, le harceleur de bonnes, né à Sfax en 1870, Judith l'obsédée des fuites de gaz, née en 1891 à La Goulette, Marie l'ogresse de l'hospice psychiatrique, née à Sousse en 1884, et enfin Jeanne la Béarnaise, le spectre aux longs cheveux blancs étalés sur les draps blancs d'un lit en bois sombre, née à Oloron en 1884. Leurs parents ou grands-parents, dont ils auraient pu me raconter leur souvenir, étaient nés pour les plus vieux à la fin du XVIIIe siècle. Leur histoire recouvre celle des conquêtes et de l'occupation coloniale d'Afrique du Nord jusqu'à sa libération. Alors, même s'ils ne m'ont rien transmis, ils sont les guides symboliques de mon exploration. Pour parler d'eux je dois les sentir vivant, réinventer leur monde et l'occuper le temps de l'écriture, jour et nuit. Il ne doit pas me filer entre les doigts. Les contours géographiques de ce monde ont pour forme un haricot qui englobe la Navarre, le Béarn, l'Aveyron, la Sarthe, la Normandie, Paris, la Lorraine, la Toscane, les Abruzzes, la Corse, la Sardaigne, la Sicile, Malte et la Tripolitaine, partout où mes ancêtres étaient disséminés.

Pour grimper sur mon arbre généalogique, j'ai choisi comme points d'appui les mariages. Dans cette histoire de migrations, c'est dans les unions que s'entrechoquent les clans et les cultures. Un mariage, c'est aussi un lieu et une date, dont je peux explorer les événements et l'époque. Mes ancêtres en ont été les témoins anonymes, du côté des victimes, déplacés de guerre ou de misère, comme du côté des dominants, en l'occurrence la France colonisatrice. Je les ai regroupés suivant leur région d'origine, celle qui leur confère une histoire commune. Dans ces régions, les générations se sont succédé sans migrer pendant plusieurs siècles avant que le XIXe, où commence mon récit, ne chamboule tout. Ils étaient, à proportion presque égale Marranes, Carlofortins, Aquilani, Toscans, Maltais, Parisiens, Aveyronnais, Lorrains, Béarnais, Siciliens. Après cent ans de circonvolutions, ils sont devenus Français de Tunisie, c'est-à-dire ni Tunisiens ni tout à fait Français, citoyens de ce « peuple nouveau » qu'avait théorisé en 1929 le contrôleur civil Charles Monchicourt, « 82 000 âmes, dont 62 000 Français d'origine et 20 000 naturalisés de provenance diverse. Masse de manœuvres où sont représentés tous les éléments ethniques du pays, et à qui incombe de guider dans le chemin du progrès le reste de la population ». Des « Africains d'ascendance française, italienne ou maltaise » dont le projet colonialiste, comme l'analyse Gabriele Montalbano[2], visait à ce qu'ils se substituent aux indigènes et leur retirent la revendication exclusive d'appartenance à la Tunisie.

Le projet a échoué à déposséder définitivement les Tunisiens de leur terre. L'occupation n'aura duré que soixante-quinze ans – désormais dépassée par celle des territoires palestiniens par Israël – mais le « peuple nouveau », lui, ne s'est pas délité. Ces « Français de Tunisie », et plus généralement d'Afrique du Nord, ont été rapatriés en France, où leur culture d'origine, et en premier lieu l'usage de leur langue, s'est en grande partie effacée.

Premier né sur le sol français au retour d'Afrique du Nord, je suis un pur produit de ce peuple nouveau.

Des colons, des migrants, des esclaves

Parmi mes ascendants, les premiers à poser le pied sur le sol tunisien furent des pêcheurs de corail. Une communauté, composée en majorité de Ligures, s'était formée dès le XVIe siècle à Tabarka, une petite île proche de la frontière algérienne. Elle en fut chassée au milieu du XVIIIe siècle, mais se reforma à San Pietro, une autre petite île au sud de la Sardaigne. Là, ils subirent plusieurs razzias de corsaires tunisiens qui les kidnappèrent en masse. Lors de la dernière d'entre elle, en 1815, mes ancêtres de cette branche se sont retrouvés esclaves en Tunisie. Libérés quelque temps plus tard, ils demeurèrent dans le pays.

Dans ces mêmes années, plus de soixante ans avant le protectorat français, mes ancêtres marranes, d'origine juive espagnole et convertis au catholicisme, débarquaient de Pantelleria, à nouveau une île, au sud de la Sicile. Ils étaient des migrants qu'on appellerait aujourd'hui économiques ou politiques, à la recherche d'une meilleure vie ou fuyant des conflits. Mes ancêtres Siciliens, Toscans ou Maltais ont immigré pour les mêmes raisons et bien avant la colonisation française.

Restent les colons. J'appelle colons les Français arrivés après 1881, dans une Tunisie déjà conquise. Ils sont au nombre de cinq. Un couple, Jules Dormoy, inspecteur de la compagnie des Chemins de Fer Bône-Guelma, et sa femme Marie Carrière, accompagnés de leur fils Charles, en bas-âge ; l'héritier d'un constructeur réputé de voitures hippomobiles, Émile Lelorieux ; Victor Morganti, né Italien, mais naturalisé Français avant son installation en Tunisie ; enfin, la plus tardive, ma grand-mère, institutrice, qui au début des années 1930 a suivi à Sfax son mari rencontré dans le Béarn, sa région natale.

Les étrangers de ma famille ont été parmi les premiers à demander leur naturalisation française. La première fut la Maltaise Éloïse Fabri qui épousa le colon Émile Lelorieux, à peine débarqué de France, en 1883. Suivirent, en 1889, ses parents Clotilde Doublet et Giuseppe Fabri, comme employé de l'État, au titre du décret du 29 juillet 1887. Puis, en 1901, Adolfo Mangion, Maltais lui aussi, sa femme Sicilienne Adelina Giangreco et leurs enfants, après que le décret du 28 février 1899 accorda la nationalité à tous les demandeurs résidant depuis plus de trois ans en Tunisie. Enfin, l'Italien Victor Morganti le fut en 1905, après trois ans de service en Algérie dans la Légion étrangère. Sa femme Judith Compiano, de Pantelleria, le devint par mariage en 1910.

Mes origines maternelles

Marranes Carlofortins Aquilani Toscans Maltais Parisiens Aveyronnais Lorrains Béarnais Siciliens

AC arrivants colons AM arrivants migrants AE arrivants esclaves ND naturalisés français par décret NM naturalisés français par mariage

Moi

Génération -6	Génération -5	Génération -4	Génération -3	Génération -2	Génération -1
Maria Busetta, Pantelleria, 1800 ou 1801 AM	Rosa Marino, Pantelleria, 1825	Maria Navarro, La Goulette, 1859	Judith Compiano, La Goulette, 1890 NM	Marguerite Morganti, Sousse, 1910	Marie-France Dormoy, Sousse, 1934
Giovanni Marino, Pantelleria, 1784 AM					
Teresa Navarro, Pantelleria, vers 1798	Nicola Navarro, Pantelleria, 1829 AM				
Alessandro Navarro, Pantelleria, vers 1798					
Brigida Lacomare, Ponza, vers 1780 AE	Teresa Scotto, Carloforte, vers 1810	Sebastiano Compiano, La Goulette, 1842			
Giovanni Scotto, Ponza, vers 1780 AE					
Maddalena Compiano, Carloforte, CA 1780 AE	Nicola Compiano, Carloforte, vers 1810				
Antonio Compiano, Carloforte, CA 1780 AE					
Loreta Di Julio, Barrea?, 1794/95	Domenica Caldarone, Barrea, 1822	Jadele Ferri, Castel di Sangro, 1853	Victor Morganti Castel di Sangro, 1880 AC ND		
Valerio Caldarone, Barrea?, 1791/92					
Lucia Cellentani, Aquila?, 1790/91	Raffaele Ferri, Aquila, 1821				
Placido Ferri, Aquila?, 1780/81					
Maria Catarina Donati, Cascina?, vers 1780	Pasqua Barsotti, Cascina, 1812	Leopoldo Morganti, Cascina, 1835			
Francesco Barsotti, Cascina?, 1780/81					
Maria Carolina Bani, Cascina, 1792	Onorato Morganti, Cascina, 1811				
Jacopo Vitale Morganti, Cascina, 1790					
Vittoria Mizzi, Ghaxaq, 1797	Elisabeth Doublet, La Valette, 1830 ND	Eloise Fabri, Tripoli, 1865 AM NM	Marie Lelorieux, Sfax, 1884	Dormoy Roger, Hammam Lif, 1908	
Vincenzo Doublet, Porto Salvo, 1784					
Rosa Manche, La Valette?, 1801	Giuseppe Fabri, La Valette, 1828 ND				
Amato Amabile Fabri, La Valette?, 1800					
Félicité Lacaud	Adèle Garreau, Le Mans, 1828	Emile Lelorieux, Paris, 1855 AC			
Joseph-Henri Gareau, Le Mans, an IV					
Marie Bréhier, Brecey, 1801	Amédée Lelorieux, Paris, 1833				
Victor Lelorieux, Vains, 1800					
Magdelaine Vidal, Saint-Beauzély, an XI	Marie Nègre, Saint-Beauzély, 1834	Marie Carrière, Saint-Beauzély, 1861 AC	Charles Dormoy, Saint-Affrique, 1883		
Jean Joseph Nègre, Saint-Beauzély, 1810					
Rose Gazagnes, Saint-Beauzély, 1803	Alexis Carrière, Saint-Beauzély, 1828				
Joseph Carrière, Saint-Beauzély, 1801					
Marie-Catherine Heitz, Sarrebourg, 1794	Elvire Dérousse, Grenoble, 1830	Jules Dormoy, Henridorff, 1851 AC			
Nicolas Dérousse, Sarreguemines, 1792					
Agathe Corda, Belrupt, an IV	François Dormoy, Belrupt, 1821				
Jean Dormoy, Belrupt, 1793					

Mes origines paternelles

Génération -6	Génération -5	Génération -4	Génération -3	Génération -2	Génération -1
Amélie Monségur, Saliès-de-Béarn, 1815	Jeanne Danty-Cazalis, Saliès-de-Béarn, 1835	Amélie Marcajour, Saliès-de-Béarn, 1856	Jeanne Dupuy, Sauveterre, 1884	Laurence Dachary, Sauveterre, 1904 AC	Camille Mangion, Sfax, 1933
Pierre Danty Cazalis, Saliès-de-Béarn, 1809	Pierre Marcajour, Peyrehorade, 1818				
Jeanne Daugé, Orthvielle, 1783					
Bernard Marcajour, Peyrehorade, 1776					
Marie-Cécile Sallette, Parenties, an III	Augustine Lescouté, Sauveterre, 1825	Jean-Joseph Dupuy, Sauveterre, 1855			
Marc Lescouté, Aroue, 1795					
Marie Cassaingt, Sauveterre?, vers 1800	Jean Dupuy, Sauveterre, 1823				
Pierre Dupuy Marot, Sauveterre?, 1800/01					
Marie Lavie-Sédie, Araujuzon, 1789	Marie Carjuzaà, Tabaille, 1820	Suzanne Larroque, Gestas, 1847	Laurent Camille Dachary, Navarrenx, 1874		
Jean Carjuzaà, Saint-Gladie, 1792					
Jeanne Lasalle, Montfort, 1779	Jean Larroque, Montfort, 1813				
Jean Labourdette dit Larroque, Montfort, 1785					
Magdelaine Bareits, Hastingues, 1786	Gracie Sarcou, Came, 1811	Laurent Dachary, Came, 1845			
Jacques Sarcou, Came, 1777					
Dominique Bourdalès, Came?, vers 1780	Thomas Dachary, Came, 1806				
Arnaud Dachary, Came?, 1777/78					
Maria Cujus, Caltagirone?, 1795/96	Giacoma Giordano, Caltagirone?, 1814/15	Carolina Azzolina Patti, Caltagirone, 1851	Adelina Giangreco, Caltagirone, 1876 AM ND	Alfred Mangion, Sfax, 1911	
Gaetano Giordano, Caltagirone?, vers 1786					
Carmela De Majo, Caltagirone?, 1789/90	Giacinto Azzolina, Caltagirone?, 1810/11				
Giacomo Azzolina, Caltagirone?, 1791/92					
Nunzia Marino, Caltagirone, 1782	Francesca Mauro, Caltagirone? 1799/1800	Salvatore Giangreco, Caltagirone, 1836			
Salvadore Mauro, Caltagirone?, 1774/75					
Francesca Rizzo, Caltagirone?, 1765/66	Giacomo Giangreco, Caltagirone?, 1798/99				
Francesco Giangreco, Caltagirone?, vers 1760					
Lucrezia Di Sacco, San Lorenzo a Pagnatico, 1785/86	Orsola Lenzi, Cascina, 1814	Filomena Rossi, Livourne, 1838 AM	Adolfo Mangion, Sfax, 1870 ND		
Filippo Lenzi, San Lorenzo a Pagnatico, 1782/83					
Giulia Fanucchi, Livourne?, 1781/82	Lorenzo Rossi, Livourne, 1813				
Léopoldo Rossi, Livourne?, 1767/68					
Francesca Ricavi, La Valette, 1782	Orsola Bezzina, Ajaccio, 1806	Stephano Mangion, Tripoli, 1834 AM			
Giovanni Bezzina, Burmula, 1773					
Maria Muscat, Birkirkara?, 1760/61	Antonio Mangion, Birkirkara, 1787				
Francesco Mangion, Birkirkara?, 1762/63					

Les Marranes

Les Marranes sont des Juifs de la péninsule ibérique qui ont été contraints de se convertir au catholicisme, à la suite du décret de l'Alhambra, signé en 1492 par le roi Ferdinand II d'Aragon et la reine Isabelle de Castille. On a souvent attribué à ces familles le nom de la province où elles habitaient. Ainsi mes ancêtres Navarro sont-ils originaires de la région de Navarre, au nord de l'Espagne.

Au cours des siècles suivants, les Marranes se sont dispersés en Europe et jusqu'en Amérique du sud. Certains ont migré par étapes vers la péninsule italienne, en particulier Livourne réputée plus accueillante pour les Juifs[3]. Beaucoup continuaient à pratiquer le judaïsme en secret ou en garder certains usages, d'où le prénom Judith de mon arrière-grand-mère. Pourtant, ses filles, dont ma grand-mère, se montraient ferventes catholiques.

En 2015, une loi espagnole a permis à de nombreux Marranes d'obtenir sur demande la nationalité espagnole, à partir d'une liste de noms éligibles[4]. Ceux de mes ascendants Navarro, Marino et Busetta, sous la forme Buzeta, en faisaient partie, même si ces noms s'étaient dissous par mariage depuis plus d'un siècle.

Avant de disparaître, mes Marranes avaient poursuivi leur lente migration jusqu'à l'île italienne de Pantelleria, au sud de la Sicile, puis franchi le dernier pas vers la Tunisie toute proche, à La Goulette.

Maria Busetta et Giovanni Marino, Pantelleria, 1812[5].

Maria et Giovanni ont émigré à La Goulette dans les années 1830. Ils avaient plus de quarante ans mais leur fille Rosa, née tardivement, était encore enfant. À Pantelleria, Giovanni était un fermier, et le départ vers la Tunisie promettait des jours meilleurs. On était encore loin de la colonisation française. Le flux migratoire n'avait pas la même importance, mais les Pantelleriens, par leur proximité avec la Tunisie, étaient parmi les plus nombreux. Maria et Giovanni sont morts presqu'ensemble en décembre 1853, à des dates si proches que leur numéro d'acte de décès, 27 et 28, se suivent dans les registres de La Goulette.

Teresa Navarro et Alessandro Navarro, Pantelleria, vers 1820.

Le couple Teresa Navarro et Alessandro Navarro, qui portaient le même nom de naissance, ont passé toutes leur vie à Pantelleria. Ils n'ont pas émigré en Tunisie. Seul leur fils Niccolò le fera. Alessandro est tailleur et sa femme tisse et tricote chaussettes et bonnets. Teresa est morte sur l'île en 1861, mais après j'ai perdu la trace d'Alessandro. Les Navarro sont nombreux à Pantelleria, mais quand y ont-ils débarqué ? Aussi loin que l'on remonte l'arbre généalogique des Navarro, Busetta et Marino, jusqu'au début du XVIIe siècle, ils sont nés et demeurés à Pantelleria.

Les enfants des Marino et des Navarro, Rosa et Niccolò, sont tous deux nés à Pantelleria, mais se sont mariés à La Goulette. Niccolo avait vingt-cinq ans et Rosa vingt-neuf. Elle venait de perdre ses deux parents, morts un an avant son mariage. Était-elle sans ressources ? A-t-elle dû pour cette raison se marier précipitamment, avec un homme qu'elle n'avait peut-être pas choisi, de quatre ans plus jeune qu'elle ?

Les Carlofortins

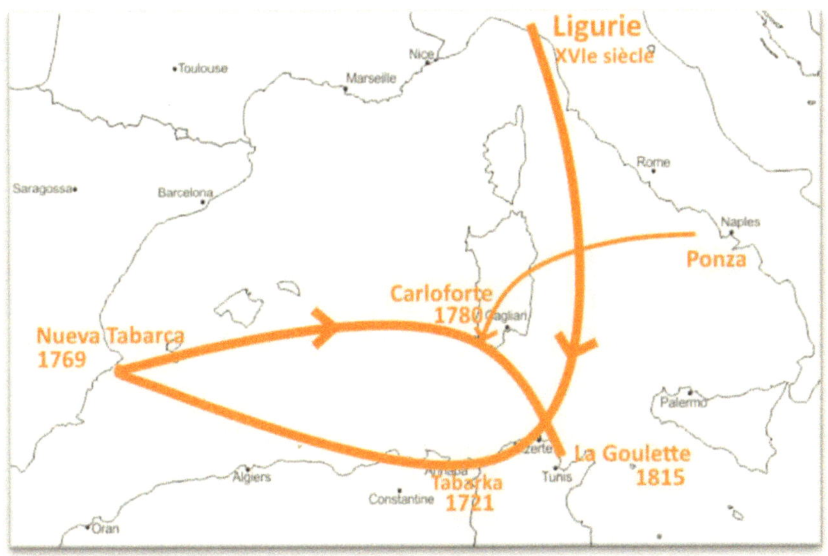

Sur l'acte de mariage de mes arrière-grands-parents Judith Compiano et Victor Morganti, en 1910 à Tunis, une mention précise que Judith est d'origine carlofortine. Pourtant, ni elle ni ses parents ne sont nés à Carloforte, mais seulement ses grands-parents paternels. La mention de son origine montre que cette petite communauté sarde était jusque-là restée soudée.

Son histoire, souvent tragique, l'explique. Elle commence au XVIe siècle sur l'île tunisienne de Tabarka, proche de la frontière algérienne. Des pêcheurs de corail, essentiellement ligures, y avaient été installés par une riche famille d'exploitants génois, les Lomellini, qui régissaient avec autorité aussi bien leur vie civile que le commerce du corail. Pendant deux cents ans, la communauté s'y développa et les liens de ses membres avec leur région d'origine se distendirent. Ils étaient devenus Tabarquins. Au milieu du XVIIIe siècle, bousculés par les soubresauts de l'histoire, surpopulation puis reprise de Tabarka par les

Tunisiens, les plus nombreux se regroupèrent à San Pietro, autre petite île au sud de la Sardaigne, où ils fondèrent la ville de Carloforte.

En 1721, deux Compiano, Antonio et Giovanni, sont identifiés comme corailleurs à Tabarka. Ils apparaissent dans le *Cartulario del Corallio* de 1721, qui, avec celui de 1727, constituent deux archives qui listent les équipages, rapportent les quantités pêchées et formalisent le partage des recettes entre le patron-pêcheur et ses marins[6]. Giovanni est « popiere », premier marin du patron Gio Batta Carrossino. Antonio est simple marin de l'équipage de Gio Batta Cevasco.

Corralina - Pietro Loffredo - dessin - 1874

Quelques années plus tard survenaient deux événements qui allaient vider Tabarka de sa population européenne.

Le premier en 1738. L'île étant devenue surpeuplée, sept cents Tabarquins furent déplacés vers San Pietro, alors vierge. Aucun des Compiano n'en faisait partie.

Le second en 1741, lorsqu'Ali Pacha Ier, Bey de Tunis, prit possession de Tabarka. Huit cents esclaves furent ramenés à Tunis, dont une centaine réussit à rejoindre Carloforte, quelques années plus tard.

Les Compiano ne faisaient pas non plus partie de ce groupe-là. Au moment de l'attaque, Antonio et Giovanni étaient en mer, comme beaucoup d'autres. Ils se réfugièrent sur l'île algérienne de la Calle, mais échouèrent quelques années plus tard dans les bagnes de la régence d'Alger, rejoints en 1756, à la suite de la guerre algéro-tunisienne, par plusieurs centaines d'autres esclaves tabarquins en provenance de Tunis.

En 1769, le roi d'Espagne Charles III racheta à Alger plusieurs centaines d'esclaves qu'il installa sur l'île de la Nueva Tabarca, nommé ainsi pour l'occasion, au large d'Alicante. Un Benedetto Compiano se trouvaient parmi eux[7]. Il a trente ans, il voyage seul, sans famille. Il est sans doute le seul survivant homme des Compiano. Les femmes, si elles ont survécu, ont pu changer de nom par mariage et être répertoriées dans les familles de leur mari. Benedetto est en âge d'être le fils d'Antonio le corailleur.

L'expérience de Nueva Tabarca est un échec. Dès les années 1780, les Tabarquins qui y demeuraient se dispersent. La plupart rejoignent Tunis où ils avaient grandi, ou Alicante. Il est probable que certains, dont Benedetto, aient rejoint San Pietro où la communauté était installée depuis désormais une quarantaine d'années. Benedetto est le chaînon manquant entre les Compiano de Tabarka et ceux de Carloforte. L'hypothèse me plaît et je m'y tiendrai.

Maddalena Compiano et Antonio Compiano, Carloforte, vers 1800.

La première trace officielle de mes ascendants Compiano est celle de Maddalena et Antonio, sur l'acte de mariage de leur fils Nicola, à Tunis en 1836. Maddalena et Antonio possèdent ce même patronyme. Vu la rareté de ce nom dans les listes de Tabarquins connues, je fais l'hypothèse que l'un ou l'autre est l'enfant de Benedetto racheté par le roi d'Espagne et qu'Antonio est le petit-fils de l'autre Antonio, pêcheur de corail enregistré en 1721 dans le *Cartulario del Corallio*. Il est fréquent que le prénom du grand-père soit donné au petit-fils.

Mais quand et comment Maddalena et Antonio sont-ils arrivés en Tunisie ?

En 1798, puis entre 1811 et 1815, Carloforte connut plusieurs razzias de corsaires tunisiens jusqu'à ce que les Européens, scandalisés, obtiennent des « puissances barbaresques » la fin de l'esclavage des chrétiens[8].

La razzia de 1798 vit neuf cent cinquante Carlofortins capturés pour être vendus comme esclaves à Tunis. Libérés quelques années plus tard, la plupart sont retournés à San Pietro. Les Compiano ne font pas partie de ce groupe-là. Ils n'apparaissent pas dans les listes qui ont été établies à l'occasion des négociations[9].

En 1816, les Carlofortins enlevés depuis 1811 furent, de la même façon, libérés. Il est probable que les Compiano aient fait partie de ceux-là, et soient restés à Tunis.

Brigida Lacomare et Giovanni Scotto, Carloforte, vers 1810.

Comme les Compiano, Brigida et Giovanni se sont retrouvés esclaves en Tunisie. En revanche, bien que Carlofortins, ils ne sont pas d'origine tabarquine. Un Andrea Scotto est bien inscrit dans un registre tabarquin en 1679[10], mais seulement comme mandataire d'un rachat d'esclave chrétien. On ne retrouve pas de Scotto, ni de Lacomare dans les différents convois de Tabarquins qui ont peuplé Carloforte.

Plus sûre est la trace d'un Antonio Scotto, pêcheur de Ponza, une petite île au large de Naples, qui s'est installé à Carloforte en 1800[11], le premier du nom dans l'île. D'autres Scotto suivront mais bien plus tard, à la fin du XIXe siècle, dans une vague d'immigration napolitaine plus importante. On peut supposer que mon aïeul Giovanni Scotto est le fils de ce Ponzese. Les registres de Ponza auraient pu en confirmer l'hypothèse, mais ils ne sont disponibles qu'à partir de 1817.

Quant aux Lacomare, les traces sont trop ténues, voire inexistantes, pour échafauder l'histoire de leurs origines.

Teresa Scotto et Nicola Compiano, Tunis, 1836.

Comme on ne retrouve pas leur acte de naissance dans les registres catholiques de Tunisie, on peut supposer que Teresa et Nicola sont nés à Carloforte dans les années 1810, mais les registres de la ville, pour cette période, ont été détruits dans un incendie. Ils seraient donc arrivés enfants à Tunis, depuis Carloforte, dans les bateaux des corsaires tunisiens, en 1815. Ni leur date de naissance, ni le lieu ne sont mentionnés sur leur acte de mariage, seul document disponible les concernant.

En ce début de XIXe siècle, les chrétiens installés en Tunisie sont peu nombreux, environ deux mille dans les années 1820, et une majorité d'entre eux sont assimilés à des Tabarquins. Le comte Filippi, consul du royaume de Sardaigne les décrit d'une façon méprisante qui en apprend plus sur le suprémacisme de sa classe que sur cette population : « Pleins de morgue, sans mœurs, sans religion, sous la juridiction immédiate de l'autorité locale, sans protection étrangère, ils s'érigent en conseillers, en facteurs des riches du pays, et achètent auprès d'eux les moyens d'existence par l'abolition de tout principe, par le sacrifice de tout ce qui est honnête. Les Tabarquins partagent avec les Juifs l'espionnage et le droit de calomnie, aussi est-il bien rare qu'ils ne se mêlent pas de toutes les affaires, qu'ils ne figurent dans toutes les intrigues[12]. » On retrouve là les antiennes du racisme et de l'antisémitisme qui s'étendent ici aux Tabarquins, communauté chrétienne longtemps asservie.

Maria Antonia Navarro et Sebastiano Compiano, La Goulette, 1889.

Quand il épouse Maria Antonia, Sebastiano est un veuf de quarante-sept ans. Sa première femme, Maria Seli, est morte un an plus tôt, qui lui a laissé un fils de vingt-cinq ans et une fille de vingt-trois. Ainsi, je découvre que mon arrière-grand-mère Judith avait un demi-frère et une demi-sœur de la génération de sa mère, et un père de l'âge d'un grand-père. Je découvre aussi que quatre des neuf enfants de Maria Antonia et Sebastiano sont nés avant mariage, alors même que Maria Seli était encore vivante et officiellement l'épouse de Sebastiano. Comment, pendant ces années-là, se partageait-il entre ses deux familles ? Avait-il une double vie ou était-il séparé de Maria Seli ?

Le couple formé par Maria Antonia et Sebastiano appartient à la génération de mes trisaïeuls, où s'opérèrent les premiers mariages multiculturels, mais toujours entre chrétiens. Sebastiano le Carlofortin épouse en secondes noces Maria Antonia la Marrane de Pantelleria après la mort de sa première femme Maria Seli, une Maltaise. Italiens et Anglo-Maltais de nationalité, ils devancent l'appel de peuple nouveau du colonisateur français, fraîchement installé en Tunisie, avant qu'il ne soit théorisé.

Les Aquilani

La famille a toujours présenté mon bisaïeul Victor Morganti comme un Toscan né par hasard à Castel di Sangro, dans les Abruzzes. Je découvre aujourd'hui que non seulement il y a grandi, mais que sa mère Jadèle est une pure originaire de l'Aquila, province montagneuse des Abruzzes. Son père, militaire toscan, y avait été affecté. Là, il avait rencontré et épousé Jadèle bien avant la naissance de Victor.

En 1860, la péninsule avait vécu son Risorgimento qui aboutit à l'unification de l'Italie, dont Garibaldi fut l'un des héros. Ce fut une période d'affrontements dont les soubresauts se prolongèrent pendant plus d'une décennie. En effet, une contre-révolte paysanne partit de la Sicile et gagna d'autres régions du sud, particulièrement les Abruzzes. Les Piémontais la réprimèrent durement, la qualifiant de « grand brigandage[13] ».

Les notables de Castel di Sangro, dont le père de Jadèle était maire et avait pris le parti de Garibaldi, faillirent être massacrés par les paysans. Plus tard, c'est pour combattre le brigandage que son futur mari fut envoyé dans la province.

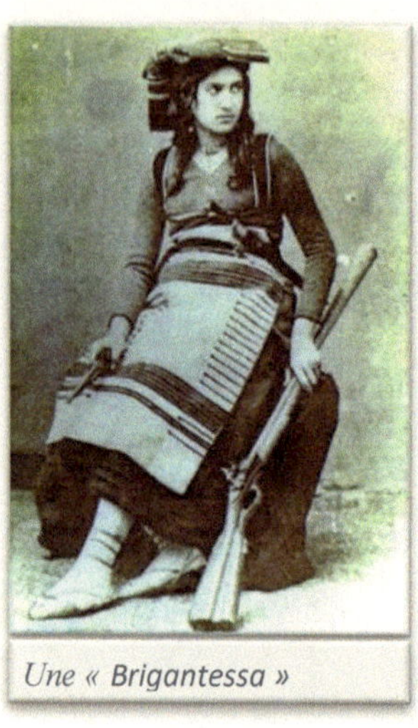

Une « Brigantessa »

Ainsi Jadèle, dès sa petite enfance, vécut ces événements traumatisants. Les évoquaient-elle à Sousse à la fin de sa vie ? Elle y mourut en 1931. Ma grand-mère Marguerite, sa petite-fille, qui a grandi dans la même ville, a bien eu le temps de la connaître et de la fréquenter à la villa des *Songes Bleus*, mais elle n'a jamais évoqué son souvenir, ne m'en a présenté aucune photo ni même évoqué ses origines abruzzi.

Rien n'est parvenu jusqu'à moi, la Tunisie a tout avalé et digéré. Je ne connaissais pas le mot Risorgimento et, encore aujourd'hui, j'écorche le plus souvent son orthographe et sa prononciation. Garibaldi m'est plus familier, comme figure tutélaire des Communards, mais surtout comme natif de Nice où j'ai grandi, et dont la place qui porte son nom était un lieu de rendez-vous de la jeunesse.

Loreta di Julio et Valerio Caldarone, Barrea, 1813.

Le couple formé par Loreta et Valerio aurait pu inspirer à Gabriele D'Annunzio une nouvelle de son premier recueil, *Terra Vergine*. Aujourd'hui, découvrant la vie de mes ancêtres Aquilani, il me paraît possible comme on le prétendait, que le poète des Abruzzes ait croisé mon arrière-grand-père Victor, alors Vittorio, sur les contreforts du Gran Sasso.

Au moment de leur mariage en 1813, Loreta a dix-huit ans et Valerio vingt-et-un. Tous les deux sont orphelins de père depuis l'âge de huit

La fileuse ; Rudolph Lehmann - Rome 1841

ans. Elle est fileuse, il est berger, fils de fileuse. Ils sont de Barrea, un village en amont de Castel di Sangro, à une vingtaine de kilomètres. Ils sont voisins, strada Il Lisciavo, elle au numéro 3, lui au numéro 9. Ils sont analphabètes, aucun des deux n'est capable de signer leur acte de mariage.

Loreta mourra avant le mariage de sa fille, elle n'aura pas le plaisir de la voir devenir « gentiledonna » (noble dame), épouse d'un magistrat et futur maire. Valerio est devenu propriétaire, est-ce avec l'aide de son gendre ?

Lucia Cellentani et Placido Ferri, Aquila, 1821.

Lucia et Placido sont des petits notables d'Aquila, capitale des Abruzzes, des « Don » et « Donna ». Placido y assurait la fonction de secrétaire des Postes avant d'être nommé, en fin de carrière, directeur de la poste de Castel di Sangro. Lucia, quant à elle, est une « possidente », un rentière.

Chaque été à Aquila ou plus au sud à Scanno ont lieu de grandes foires où les artisans descendent des villages pour vendre leur production annuelle. Est-ce dans l'effervescence de ces journées que leur fils Raffaele rencontra la fileuse Domenica Calderone ?

Domenica Caldarone et Raffaele Ferri, Castel di Sangro, 1851.

Domenica et Raffaele sont de catégorie sociale diamétralement opposée. Don Raffaele, le magistrat, épouse Domenica, la fille du berger et de la fileuse. Par son mariage elle devient « una gentiledonna », une Dame.

À l'époque du Risorgimento, en 1860, Raffaele est le maire de Castel di Sangro. La ville de cinq mille habitants fait partie du Royaume des Deux-Siciles, nouvelle et dernière conquête de Garibaldi, qui a débarqué à Naples en septembre. Sa troupe légendaire, les « mille », est dissoute en octobre. Raffaele, partisan de l'unification, doit alors faire face aux premiers assauts de l'insurrection populaire soutenue par les Bourbons défaits. Le 17 octobre, il rédige dans un style épique une note aux nouvelles autorités de Naples faisant état des événements :

« Le corps municipal de la Ville de Castel di Sangro, par dette d'honneur et de gratitude, déclare ce qui suit.

Depuis qu'une réaction des Bourbons éclatait à Isernia, les rangs de cette réaction se répandirent à Castel di Sangro parmi les paysans sous l'impulsion des gendarmes et d'autres émissaires de l'extérieur de la ville, qui faisaient croire que l'arrivée des soldats Bourbons était imminente. Ainsi, alors que nous vivions dans plus de confiance et de tranquillité, aux premières heures de la nuit d'octobre, une foule de paysans se mit à pousser des cris séditieux de Vive François II et vint en masse attaquer le corps de la Garde nationale, qui, en raison de la fiducie où vivaient les gens n'était surveillée que par quelques individus, dont le capitaine et le maire. Les nombreux séditieux composés de plus d'un millier de personnes de la classe la plus basse, incités par les gendarmes, avec des promesses de pillage et de meurtre, ont terrifié tous les citoyens et n'ont pas permis à la Garde nationale de prendre les armes pour s'opposer avec la force. Le capitaine et le maire essayèrent gentiment par tous les moyens en leur pouvoir de contenir la foule et de la ramener à l'ordre ; devenant de plus en plus furieux, elle attaqua la Garde nationale et s'empara des armes qui y existaient. Par la suite, elle a réussi à surprendre presque tous les principaux citoyens du pays, de toutes classes sociales, dont certains furent envoyés en prison, d'autres retenus prisonniers dans leurs maisons et gardés de vue. Le juge royal a été emmené en prison tard dans la nuit et, comme il était terrifié et consterné, il n'avait pas de voix pour faire écho aux cris de la canaille, a été transpercé de plusieurs coups de baïonnette qui l'ont laissé mort sur le sol de la prison, où se trouvaient déjà d'autres prisonniers dont quelques prêtres.

Rares sont ceux qui ont pu échapper à la colère féroce de la plèbe en s'enfuyant rapidement. Le lendemain, ils nommèrent un nouveau maire et envoyèrent des messagers à Isernia pour inviter les troupes des Bourbons à se rendre promptement à Castello, et cela se répéta les jours suivants, deux, trois et quatre. Ces jours-là, leur profusion de menaces, d'abus et de violences se poursuivaient ; imposant des taxes sur la nourriture et de l'argent sur tout, qui leur étaient prodigués dans l'espoir d'échapper à de terribles massacres. Mais la population, fatiguée d'attendre plus longtemps les Bourbons d'Isernia, avait projeté les cinq et six l'assassinat de tous les principaux citoyens et le pillage de la ville, lorsque, le matin du 5, une rumeur providentielle se répandit selon laquelle les Garibaldiens s'approchait de Castello, avec cette annonce, le découragement se répandit parmi les réactionnaires qui commencèrent à jeter les armes et à fuir. Les citoyens reprirent courage et peu à peu ils parvinrent à dominer les foules, à les disperser et à rétablir l'ordre. Le plus grand danger était surmonté ; mais les foules purent se réunir à nouveau pour réaliser leurs plans féroces, quand arriva providentiellement la colonne Teramana du bataillon du Gran Sasso, commandée par l'estimé M. Antonio Tripoti, commissaire civil et militaire, venu en grande marche de Solmona dès que la nouvelle de l'événement y fut reçue - La présence de la colonne mit fin à toutes les peurs ; et toute la canaille s'est cachée, et les dirigeants ont tenté de se sauver - Mais l'énergie de M. Tripoti soutenu par le zèle énergique de ses employés et aidé par les soldats de la Garde nationale recomposée, a commencé à traquer les séditieux et beaucoup ont été arrêtés — M. Tripoti a continué de veiller avec le plus grand soin à la sécurité du pays, de trouver les coupables, de les arrêter et de les traduire en justice. Et ses soins bienfaisants ne s'arrêtent pas seulement à Castel di Sangro ; mais vers tous les pays voisins, là où le besoin l'exigeait. Grâce à ces moyens, l'ordre fut rétabli à Roccaraso, Rivisondoli, Pescocostanzo Lama, S. Pietro Avellana et Barrea. Cela ne suffisait pas, sachant qu'à Rionero la réaction s'était développée audacieusement le 12 octobre, qu'un grand nombre de paysans armés étaient venus en masse des villes voisines d'Acquaviva et de Forli, ajoutant qu'il y avait aussi des soldats bourbons qui se déplaçaient vers Castel de Sangro. M. Tripoti, sans perdre un instant et sans se soucier du nombre des ennemis, avança hardiment sa colonne et lança l'assaut sur Rionero, dispersa aussitôt les masses armées, qui opposèrent une résistance inutile, fit de nombreux prisonniers, arrêta les dirigeants et revint à Castel di Sangro après avoir partout rétabli l'ordre.

Pendant son séjour à Castel di Sangro, la colonne Tripoti a maintenu une conduite exemplaire et une discipline véritablement militaire. Les officiers ont donné le plus bel exemple de courage militaire et de vertu civique et se sont montrés dignes de leur commandant, M. Tripoti, qui a engendré parmi nous la plus profonde estime par ses qualités de courage militaire et de vertu civique, ayant toujours parmi nous acclamé et soutenu le Gouvernement de notre Magnanime Roi Vittorio Emanuele.

La Municipalité de Castel di Sangro, consciente et reconnaissante des avantages reçus par la Colonne Tripoti, de la part de ses officiers, y compris M. Baldassare Müller, ancien officier et chef de l'état-major général de M. Tripoti, et de son Commandant méritoire, et désireuse de leur donner un témoignage public, a spontanément publié le présent document, signé par les membres de la municipalité et les citoyens les plus notables de la ville.

Castel di Sangro, 17 octobre 1860.
Signé Raffaele Ferri, Maire.
Les décurions [...]
Les notables [...] » [14]

Dans le même esprit que le maire et ses décurions, le clergé de Castel di Sangro rédige à part ses louanges au bataillon du Gran Sasso.

Ainsi, la ville a évité de justesse un massacre et je n'aurais pas existé, ni les cinq ascendants qui m'ont précédé depuis Raffaele, sans l'intervention de l'« estimé » commandant Tripoti et sa « providentielle colonne Teramana ».

Des plébiscites pour l'unification de l'Italie sont organisés, ici comme dans toutes les régions conquises. Raffaele rapporte les résultats du groupe des combattants de la colonne Teramana : 266 « oui » pour 266 votants.

Franz Wenzel Schwarz (1842–1919) - Entrée de Garibaldi dans Naples, 1860.
Napoli, Museo civico di Castel Nuovo

Les Toscans

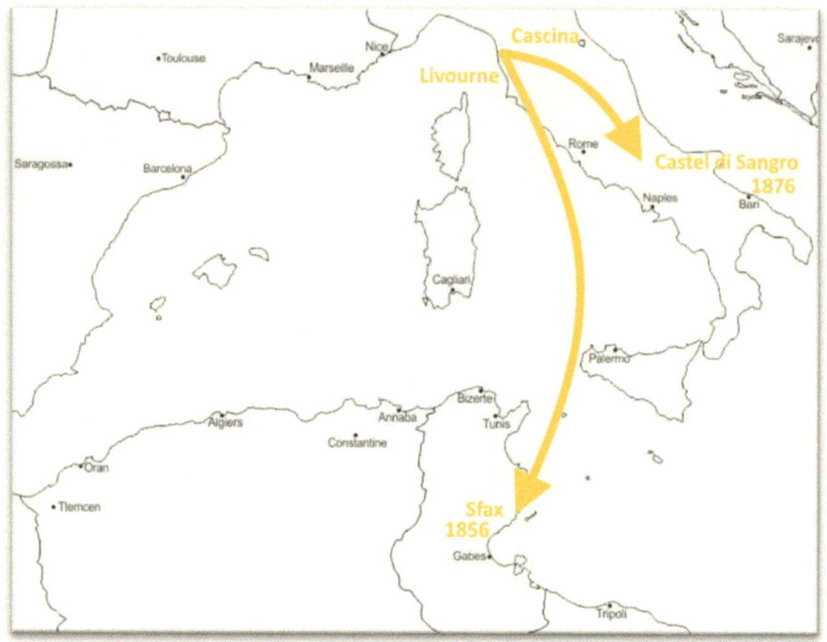

Au début du XIXe siècle, les Toscans du côté de mon père, comme ceux du côté de ma mère, vivaient dans les mêmes villes de Cascina et Livourne, distantes de quelques kilomètres. Leurs descendants ne s'uniront que six générations et cent cinquante ans plus tard, en Tunisie, qu'ils atteindront par des chemins très différents. Les premiers rejoindront directement Sfax alors que les autres feront un crochet de presque cent ans par les Abruzzes. À l'époque de leur mariage, mes parents ne savaient alors plus rien de cette lointaine origine commune.

Les recherches dans les archives d'état civil toscans sont celles qui m'ont donné le plus de mal. Elles m'ont sans doute coûté quelques quantièmes d'acuité visuelle, à parcourir des centaines de documents numérisés. Les premiers registres disponibles sont ceux de l'administration napoléonienne, avec index et compilation décennale. Ils démarrent au 1er juin 1808, quelques jours seulement après l'annexion officielle de la Toscane par la France, le 24 mai, comme un témoignage de l'ordre impérial en marche. Dans le détail, le classement est singulier. Les registres de mariage, doublés, offrent la possibilité de recherche soit par le nom des hommes, soit par celui des femmes. L'ordre alphabétique s'établit hiérarchiquement sur la première lettre du prénom, puis le nom, le prénom entier, l'année et enfin la ville. Pour ne pas l'avoir compris d'emblée, j'ai dû repasser plusieurs fois les centaines de photos de documents souvent détériorés, aux écritures changeantes.

La lecture systématique de ces pages et la difficulté de leur décryptage ont mis en évidence l'extrême misère dans laquelle vivait une grande majorité de la population de ces villes, particulièrement à Livourne. Les morts d'enfants, les enfants abandonnés, les mentions « miserabile » accolées aux familles noircissent les pages de registres.

Du côté de ma mère

Maria Catarina Donati et Francesco Barsotti, Cascina, avant 1808.

En 1812, à la naissance de leur fille Pasqua, Maria Catarina et Francesco habitent San Benedetto a Settimo, un quartier de Cascina qui recouvre une paroisse d'environ cinq cents âmes. Francesco, à trente ans, est « ortolano », marchand de légumes. C'est la seule trace, ténue, que livrent les archives. Avant 1808, si elles existent, elles ne sont pas disponibles. Maria Catarina et Francesco dorment-ils dans un carton jamais ouvert, sur le rayonnage oublié d'une bibliothèque fantôme ?

Maria Imperia Bani et Jacopo Morganti, Cascina, 1810.

Comme pour les Barsotti, je n'ai que quelques bribes d'informations sur Maria Imperia et Jacopo, tirées de l'acte de naissance de leur fils Onorato. Ils habitent le même quartier de San Benedetto a Settimo, où leurs enfants se rencontreront. Jacopo est tailleur comme l'était son père.

Pasqua Barsotti et Onorato Morganti, Cascina, 1834.

Le berceau des Morganti est donc Cascina, et non San Casciano comme enfant on me l'affirmait. La ressemblance des noms de ces deux villes explique peut-être la confusion.

Leopoldo, le gendarme qui a fait sa vie dans les Abruzzes est le dernier de la lignée à être né à Cascina. Onorato, son père, avant de s'installer comme cordonnier, s'est déclaré artiste le jour de son mariage. Sa femme, Pasqua Barsotti, doit son prénom, rare pour une femme, à son jour de naissance le 28 mars 1812, veille du dimanche de Pâques cette année-là. Cultivatrice avant son mariage, elle est mentionnée comme « Attende a casa [attendant à la maison] *(sic)* » au recensement de 1841. Pasqua et Onorato ont alors deux enfants, Leopoldo et une sœur aînée, Adele.

Jadèle Ferri et Leopoldo Morganti, Castel di Sangro, 1876.

Leopoldo fut celui qui quitta la Toscane pour les Abruzzes. Envoyé comme militaire pour mater le brigandage, il y rencontra Jadèle et s'y installa. De maréchal des Logis dans l'active, il devient sous-lieutenant de réserve en 1881[15]. En 1899, on trouve encore sa trace à Castel di Sangro, comme président de la Société de tir de la ville[16].

Dans les premières années du XXe siècle, Jadèle et Leopoldo quittent les Abruzzes pour rejoindre leur fils en Tunisie. En 1910, lorsque Victor se marie, ils habitent Tunis. Leopoldo mourra en 1924 et Jadèle en 1931 à Sousse.

Du côté de mon père

Lucrezia di Sacco et Filippo Lenzi, Cascina, 1808.

Lucrezia et Filippo sont des ouvriers de San Lorenzo a Pagnatico, un hameau aux abords de Cascina. Quand ils se marient en juin 1808,

Carle Vernet - Entrée des Francais dans Livourne - 1806

la Toscane vient d'être annexée par l'Empire napoléonien. Déjà, depuis deux ans, les Français imposaient un blocus dans le but de ruiner l'ennemi anglais. Or Livourne est un des ports les plus importants de Méditerranée. Il voit son commerce lourdement affecté. Ainsi, les Livournais sont hostiles à la présence de l'occupant, mais ne se révoltent pas. Ils sont essentiellement marchands et considèrent que l'agitation est néfaste au commerce. Quant aux plus miséreux, les plus nombreux, occupés à survivre ils n'en ont pas la force.

Giulia Fanucchi et Leopoldo Rossi, Livourne, 1813.

Sur le registre des naissances de Livourne, à la ligne de leur fils Lorenzo, né en 1813, seul le nom de Leopoldo est inscrit, comme s'il était né sans grossesse ni accouchement, fils du Père et du Saint-Esprit. Je ne voulais pas laisser cette mère à son anonymat, je l'ai recherchée obstinément, au moins pour réparer l'injustice qui lui était faite. J'ai retrouvé l'original de l'acte de naissance de Lorenzo et enfin pu faire la connaissance de Giulia Fanucchi, toute dernière pièce de mon puzzle familial. On était au milieu de la nuit. Dans un rire nerveux, j'ai versé une larme comme devant un mélo. Son acte de décès, à soixante ans, apprend qu'elle était « bracciante » (ouvrière) et misérable. C'est le cas de six des quatorze Livournais du quartier de Sant'Andrea décédés comme elle en ce mois de mai 1842. Neuf d'entre eux étaient des enfants.

Orsola Lenzi et Lorenzo Rossi, Livourne, vers 1830.

Lorenzo n'a pas d'emploi fixe. À la naissance de leur fils aîné en 1835, il est journalier. Trois ans plus tard, à l'époque où leur fille Filomena, ma trisaïeule, voit le jour, il répare des matelas. Au recensement de 1841, on le retrouve travaillant dans une auberge, avec ses deux enfants de cinq et deux ans à charge. Mais il sait lire et écrire, précise le document. Sa femme Orsola, née Lenzi, n'est pas recensée avec eux. Elle n'est pas morte puisqu'elle assistera vingt-cinq ans plus tard au mariage de Filomena. A-t-elle dû partir quelque temps pour chercher d'autres sources de revenus ?

En 1848, des *émeutes de la faim* laissèrent Livourne dans le chaos, à l'intérieur comme à l'extérieur des murailles. Les insurgés, qui avaient proclamé la ville comme république autonome, furent écrasés par l'armée. Pourquoi les Rossi s'exilent-ils en Tunisie à cette période ? Dans la misère, ne possédant rien, peut-être n'avaient-ils pas d'autres choix ? Était-il mazziniste[17], et donc activement recherché ? Cela ajouterait au romanesque. Il demeurait à Sfax un médecin napolitain Angelo Avvocato, réfugié carbonariste[18] auprès duquel les Rossi ont pu trouver de l'aide, ce qui expliquerait la raison de leur destination. Avvocato était le premier européen à s'être établi à Sfax dans les années 1820, emmené et protégé par le caïd Mohammed Djellouli.

Orsola et Lorenzo sont des chrétiens de Livourne, une catégorie rare en Tunisie où les Livournais étaient essentiellement juifs, à tel point que le terme désignait la communauté.

Les Maltais

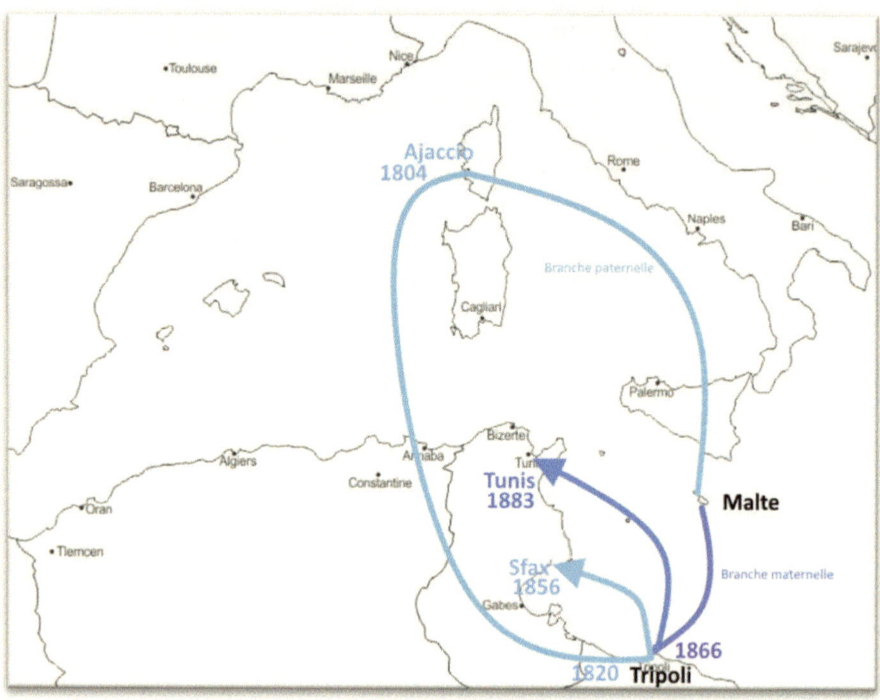

En 1797, Bonaparte, faisant route vers l'Égypte, s'est emparé de
Malte. L'île était tenue par l'Ordre de Saint-Jean depuis trois siècles,
époque où Charles Quint la leur avait offerte en compensation de la
perte de Rhodes. Les chevaliers, horrifiés par ces mécréants de
révolutionnaires, mais décadents à force d'intégrisme, n'avaient plus la
capacité de résister et abandonnèrent le pouvoir. Bonaparte, coursé par
les Anglais, se dépêcha de reprendre sa route vers l'Égypte, laissant des
incapables administrer l'île. Un début d'insurrection dégénéra
rapidement lorsque les soldats français vidèrent le mobilier des églises,
allant jusqu'à exécuter un prêtre résistant, en soutane, sans ménager la

foi des Maltais, parmi les plus fervents des catholiques. La volonté des insurgés était de revenir sous la protection du royaume de Sicile, ce que la succession des traités auraient permis légalement. Ils envoyèrent une députation aux ministres de Ferdinand 1er. Le roi de Sicile et de Naples fit des promesses, mais il n'était pas maître du jeu, ballotté dans la guerre que se livraient la France et les monarchies européennes alliées. Les Anglais, force dominante de l'Alliance, dont les Maltais ne voulaient pas plus que des Français, s'incrustèrent sournoisement dans ce jeu, masquant leur véritable intention, celle de prendre possession de l'île. Ils en obtinrent de Ferdinand la responsabilité sous sa délégation, subterfuge pour rassurer les insurgés. L'ennemi juré des Français organisa ainsi le blocus de La Valette, depuis la mer mais aussi depuis les campagnes dont les Maltais étaient redevenus maîtres. Comme dans tous les conflits, le peuple paya, affamé et décimé par le typhus.

Les Français furent défaits. Les Maltais de ma branche paternelle, des négociants qui avait pris le parti de Bonaparte, durent s'exiler en Corse ou à Tripoli pour ne jamais revenir.

Ceux de ma branche maternelle s'exilèrent aussi, mais purent rentrer à Malte quelques années plus tard. Le patriarche en était Pierre Doublet, un Français né à Beaugency, secrétaire du dernier grand maître de l'Ordre de Malte, Ferdinand Von Hompesch zu Bolheim. Ce Doublet récolte une belle page sur Wikipédia. Elle nous apprend que, entré comme soldat à l'Ordre, il fut affilié comme confratello par bulle pontificale et aurait été chapelain conventuel – autant dire quasiment Chevalier – s'il n'était tombé amoureux de Bettina, « une modeste Maltaise » et n'avait rompu pour elle l'indispensable vœu de chasteté pour accéder à la fonction. Toute sa vie il traîna des accusations de traîtrise aux saveurs complotistes dont l'Ordre s'est fait une spécialité et qu'il perpétue jusqu'à nos jours. Il aurait donné le chiffre – c'est-à-dire le code de déchiffrage – de la correspondance du grand maître à Bonaparte. Pierre Doublet est aussi l'auteur d'un essai sur l'occupation française de Malte qui fut publié longtemps après sa mort[19].

Comme les Toscans de Cascina, deux autres branches des plus distantes de mon arbre généalogique se sont côtoyées à La Valette à la fin du XVIIIe siècle. Comme eux, elles ne se rejoindront que cent-soixante-dix ans plus tard en Tunisie, par le mariage en 1954 de mon père et de ma mère, qui ne savaient rien de la proximité de leurs ancêtres, qu'ils soient Toscans ou Maltais. Chaque lignée avait suivi son propre chemin de Sfax, au gré des bouleversements de l'ère coloniale et industrielle.

Stefano Mangion du côté de mon père, Élisabeth Doublet et Giuseppe Fabri du côté de ma mère, tous nés entre 1828 et 1834, sont les derniers de mes ancêtres à être cent pour cent Maltais, c'est-à-dire de deux parents nés à Malte. Eux-mêmes et tous leurs descendants ont épousé des non-Maltais. Au terme de cinq générations, je n'ai plus qu'un seizième de sang maltais, et la mémoire de leur histoire si romanesque s'est évaporée. La prise de Malte par Bonaparte, le blocus anglais, l'exil en Corse, l'installation à Tripoli, la guerre civile et la régence ottomane, le retour à Malte et la nouvelle fuite en Tunisie, le secrétaire du grand maître de l'Ordre, sa trahison supposée pour Bonaparte, son amour pour Bettina et son renoncement au célibat, rien n'est arrivé jusqu'à moi.

Du côté de ma mère

Vittoria Mizzi et Vincenzo Doublet, La Valette, 1817.

Vincenzo est le fils aîné de Pierre Doublet, la petite célébrité familiale jusqu'alors inconnue. Né en 1784, Vincenzo était âgé de seize ans lorsque la famille dut s'exiler en France, puis à Rome. Il put rentrer à La Valette avant son père, où il se maria en 1817. Il enseignait le français au lycée, la langue de son père qu'il avait largement pratiquée lors de son exil à Paris. Il mourut avant 1865 à Malte. Il est possible que le couple ait vécu à Tripoli et même à Alexandrie[20].

Avant Vincenzo, Vittoria fut d'abord mariée à quatorze ans à un sicilien, Francesco Maccarrone, dont je ne sais rien. Elle connut Vincenzo à vingt ans alors que lui en avait trente-quatre. Ils eurent huit enfants. Vittoria traversa le XIXe siècle pour mourir à quatre-vingt-quatre ans à Malte. Ses enfants étaient disséminés entre Malte, Tripoli et la Tunisie.

Rosa Manchè et Amabile Amato Fabri, La Valette, 1827.

Amabile est notaire[21], actif à Malte dès ses vingt-trois ans et jusqu'à sa mort à quatre-vingt-un ans. De Rosa Manchè, je n'ai pas d'autres traces que ses dates de naissance et de décès (1801-1880). Elles montrent, qu'avec Amabile son mari (1800-1881), ils sont nés à la prise de Malte par les Anglais et morts à la prise de la Tunisie par les Français.

Ils ne connurent que la domination anglaise de Malte et, comme notaire, Amabile était impliqué dans l'application de leurs lois. Ils parlaient certainement l'anglais en plus du maltais, l'italien pour les affaires, mais comprenaient-ils le français, langue d'origine des Doublet auxquels ils allaient s'unir ?

Élisabeth Doublet et Giuseppe Fabri, Cospicua, 1856.

Une manie des Doublet est d'affubler leurs enfants d'une liste de prénoms à rallonge. Le patriarche Pierre s'appelait en réalité Pierre-Jean-Louis-Ovide Doublet, son fils Vincenzo Vincenzo-Abel-Maria-Aloisio Doublet. Sa petite fille Élisabeth bat tous les records avec sept prénoms : Élisabeth, Clotildes, Felicitas, Josepha, Anna, Adelaides et Concepta. La tradition roborative ne se perpétua pas au-delà d'Élisabeth. En revanche, la fille d'Élisabeth, Éloïse, hérita, au féminin et francisé, d'un des prénoms de son grand-père, Aloisio, et, dans la génération suivante, mon arrière-grand-mère Marie récupéra comme second prénom celui de sa grand-mère Clotilde. Ainsi restait-il une trace des Doublet chez l'antipathique de Lavaur, alors que leur nom même s'était effacé des mémoires. Dans les lignées masculines des Doublet, les Ovide disparaissent en 1901. La tradition « prénomiale » a résisté près de deux siècles aux nouvelles générations et aux migrations. J'imagine la femme du dernier Ovide Doublet couper court à cet usage malgré la pression de sa belle-famille. Ses fils s'appelleront Joseph Edward et Franck John. Une dernière défaite française à Malte contre les Anglais, un siècle après celle de Bonaparte.

Élisabeth et Giuseppe quittent Malte pour Tripoli où naît leur fille Éloïse en 1865, puis s'installent en Tunisie dès les premières années du protectorat français. Éloïse se marie en 1883 avec le Francaoui Émile Lelorieux.

En 1889, à la soixantaine, Giuseppe et Élisabeth obtiennent la nationalité française, à la suite du tout premier décret l'autorisant en Tunisie, celui du 29 juillet 1887. Elle était accordée aux militaires, ainsi qu'aux sujets tunisiens « ayant rempli des fonctions ou emplois civils rétribués par le Trésor français […] ou auront rendu à la France des services exceptionnels ». Giuseppe, lui, exerçait comme comptable au service du protectorat.

Du côté de mon père

Francesca Ricavi et Giovanni Bezzina, Ajaccio, 1804.

Avant la guerre de Malte, Francesca et Giovanni habitaient à Bormla, une des trois cités de La Valette, dans la zone sous blocus. À la capitulation, malgré les assurances du traité, ils choisirent de fuir avec les Français. Comme une partie du peuple maltais et à la même époque de nombreux Européens, ils avaient accueilli Bonaparte en libérateur. Pendant le siège, installés comme négociants, ils avaient collaboré à l'organisation du rationnement, et parfois profité du marché noir inhérent à toute guerre. Désormais, ils risquaient doublement leur vie. Embarqués à l'automne 1800 dans les frégates françaises fuyant Malte, ils se retrouvèrent à Toulon puis en Corse, où on compta, sans grand succès, sur ces réfugiés pour y développer la culture du coton, une spécialité maltaise. Le cardinal Fesch s'était montré de bonne volonté pour soutenir l'expérience, et avait fait mettre à leur disposition les jardins du séminaire pour la mener.

C'est ainsi qu'à Ajaccio, en 1804, l'année même du sacre de Napoléon, natif le plus célèbre de la ville et responsable de leur destin tragique, Giovanni Bezzina et Francesca Ricavi – Jean et Françoise pour l'état civil français – se marient. Deux ans plus tard naissait leur fille Orsola. Elle grandit au cœur d'Ajaccio, dans le bâtiment du séminaire qui, abandonné par les curés depuis la Révolution, héberge les réfugiés. Des sœurs apprennent le français aux enfants de la communauté alors que les parents se font comprendre en un mélange de sicilien et de maltais par les Corses. Peu d'entre eux savent écrire mais Giovanni, lui, a appris. Il aide ses compatriotes dans les démarches de secours aux Maltais. Chaque mois une somme d'environ vingt francs par personne, 40 € actuels, est versée par l'État aux réfugiés.

| Jean Bezzina .... (Jean Bezzina) | 29 | 250. | 20. 89. | |
| Francesca sua Moglie (françoise) sa femme . | 19 | 250. | 20. 89. | 41 66 |

Pour vendémiaire de l'an 14, (23 septembre au 22 octobre 1805), Giovanni et Francesca Bezzina, 29 et 19 ans, touchent une mensualité de 20,89 F, quantième des 230 F annuels qui leur ont été attribués au titre du secours aux réfugiés maltais. (A gauche l'écriture de Giovanni)

Dans les registres de versement[22], Giovanni signe pour les autres. Les noms sont regroupés par famille, le chef de famille en tête, et rangés ordre alphabétique. En colonne sont indiqués les âges de chacun et les sommes versées. Giovanni et Francesca « sua moglie », sa femme, apparaissent sur les listes d'Ajaccio jusqu'en novembre 1811, sauf en 1807 et 1808 où ils sont inscrits sur celles de Bastia, autre ville corse d'accueil des réfugiés maltais, avec Bonifacio. À partir de 1809, Orsola « loro figlia », leur fille, est ajoutée sous un nom français, Catherine, préféré à Ursule. Le double « u » était-il trop difficile à prononcer pour des Maltais ?

Les réfugiés attendent que la situation s'éclaircisse pour retrouver leur île, d'où ils sont bannis. En 1802, le traité d'Amiens qui prévoyait le retour des Chevaliers avait douché leurs espoirs. Mais l'Europe est toujours en guerre et il n'est pour l'instant pas appliqué. Ils espèrent qu'avec le temps, on reconnaisse qu'assiégés à La Valette avec les Français, pour leur survie ils n'avaient d'autres choix que collaborer. Ils guettent tous les événements dans le détroit de Sicile qui pourraient jouer en leur faveur.

Il y eut le coup d'arrêt donné à la piraterie qui sévissait encore dans la région. Les jeunes États-Unis, agacés de voir leurs navires marchands attaqués et de payer des fortunes au pacha Karamanli pour s'en protéger, menèrent une expédition à Tripoli. Ils firent plier le pacha sans toutefois prendre possession du pays.

En 1815, la signature du traité de Paris qui donnait définitivement le contrôle de Malte aux Anglais les rassura. Le retour de l'Ordre n'aurait pu qu'entretenir le climat de vengeance contre les partisans de Napoléon partout où ils se trouvaient. Giovanni et Francesca devenaient de fait sujets de Sa Majesté, des Anglo-Maltais, ce qui leur assurait une protection dans leur exil. Le pourtour méditerranéen était jalonné d'influents consulats britanniques.

Mais le traité entérine aussi la capitulation de l'empereur, que les vainqueurs exilent à Sainte-Hélène. C'est à cette époque que les Bezzina quittent la Corse, où ils ne se sentent plus aussi protégés depuis la chute de Napoléon. Ils embarquent non pas pour Malte mais Tripoli. L'hostilité des patriotes est encore trop forte pour retrouver La Valette. Tripoli, où la communauté maltaise est importante, leur offre un plus sûr point de chute. Orsola quitte la ville impériale qui l'avait vu naître et grandir. A-t-elle souffert de ce départ ?

Le père de Francesca Ricavi, Giuseppe, qui était de l'exil en Corse, ne sera pas du retour. Il est mort à Ajaccio en 1805. Je ne sais pas s'il en est de même pour sa mère, Pricida Cavie, originaire de Pavie en Lombardie.

Les conflits sont apaisés et la piraterie éradiquée, le commerce peut se développer sans entrave dans la mer de Sicile. Si Malte en est une plaque tournante, Tripoli bénéficie d'une position stratégique. C'est la porte du continent africain, destination des caravanes du désert chargées de marchandises qui trouvent là le point d'accès le plus direct à la

Méditerranée. Les bateaux à vapeur révolutionnent le transport maritime. Les infrastructures portuaires sont à moderniser et la main d'œuvre maltaise, réputée, se démultiplie[23]. Tripoli est en pleine transformation. Les Anglais ont obtenu de Youssef Pacha, dernier des Karamanli, d'aménager et de renforcer les défenses du port. Les ouvriers maltais débarquent en nombre depuis La Valette, formant une communauté chaque jour plus importante.

Giovanni Bezzina tente de reprendre son activité de négoce, mais les places sont chères et la concurrence est rude. Il découvre à ses dépens les coutumes commerciales du pays. Les deux notables sans lesquels rien ne peut se faire sont le consul de Grande-Bretagne qui a la mainmise sur le port et le cheikh al-bilâd, édile de la ville intra-muros. Giovanni n'a plus son réseau d'avant les événements, ses quinze ans loin de la mer de Sicile l'ont disqualifié. Le lien qu'il avait un temps entretenu avec ses anciens affréteurs dans l'espoir d'exporter la production de coton corse s'étaient distendus, puis rompus.

Maria Muscat et Francesco Mangion, Birkirkara, 1791.

Nous sommes quelques années avant que la tempête napoléonienne ne déferle sur la Méditerranée et bouleverse la vie des Maltais. Maria et Francesco habitent à Birkirkara, 15ᵉ rue « con la sua piazza », avec sa place, comme le précise le *status animarum*[24] (l'état des âmes), recensement des familles établi régulièrement par la curie épiscopale. Maria a vingt-sept ans, Francesco vingt-cinq. Antonio, alors âgé de cinq ans, est leur seul fils.

Après la victoire des Anglais, ils n'ont pas été obligés de s'exiler en France comme les Bezzina et les Ricavi. Ils n'étaient donc pas du parti des Français. Birkirkara se situe hors-les-murs, dans la zone tenue par les Anglais pendant le siège de l'île. Ce fut peut-être déterminant.

En 1810, au premier mariage de leur fils Antonio avec Euphemia Pace, Maria et Francesco habitaient toujours Birkirkara. Ont-ils plus tard suivi leur fils à Tripoli ou sont-ils restés à Malte sous domination anglaise ? J'ai perdu leur trace après 1810.

Orsola Bezzina et Antonio Mangion, Tripoli, 1820.

Voici le récit que j'ai imaginé de l'union d'Orsola et d'Antonio.

Quelques mois après l'arrivée de la famille Bezzina à Tripoli, les économies de la famille ont fondu en taxes et bakchichs, pour n'obtenir que de minuscules marchés dont les autres négociants ne voulaient pas. Sa seule alternative est de s'associer à un Maltais déjà installé et prospère, Antonio Mangion.

Euphemia, la femme d'Antonio, est morte depuis peu, lui laissant trois jeunes enfants. Il cherche une femme pour s'en occuper et Giovanni lui offre sa fille Orsola contre une association dans leurs affaires.

Le jour du mariage, 21 février 1820, Orsola vient d'avoir quatorze ans. Antonio, lui, est âgé de trente-trois ans. L'aîné de ses enfants, Vincenzo a neuf ans, Giuseppe le benjamin sept et la dernière, Carmela, à peine trois.

Dans quel état d'esprit se trouvait Antonio pour épouser une fille si jeune ? Et les Bezzina pour donner leur accord, écrit et obligatoire. Se marier mineure n'était pas dans la tradition, même à cette époque. L'âge moyen des mariées maltaises était de vingt-trois ans[25]. Nous étions avant l'invention de la photographie, mais si une image de la noce avait pu parvenir jusqu'à nous, j'imagine les trois adultes au second rang, Antonio, Giovanni, Francesca, plus Orsola, devant Antonio mais ne lui arrivant qu'au niveau de la poitrine, dont on ne sait si elle appartient au groupe des enfants alignés au premier rang, comme si elle en était la sœur aînée et non la mère adoptive.

Dès l'année suivante, Orsola, alors âgée de quinze ans, donne naissance à son premier enfant. Il hérite du même nom qu'un des fils d'Antonio, Giuseppe. Son second enfant, mon trisaïeul Stefano, ne naîtra que treize ans plus tard, en 1834. On ne retrouve pas dans cette famille le chapelet habituel des naissances qui se dévide au rythme d'une tous les deux ou trois ans. Comme il est peu probable qu'Antonio et Orsola aient pratiqué le contrôle des naissances, peut-être Stefano est-il un enfant de la dernière chance. Ma future existence n'aurait tenu qu'à un fil.

Napoléon, par l'expédition d'Égypte, avait inauguré une période où les états européens montrèrent un grand intérêt pour l'Orient. Outre la colonisation comme projet d'exploitation et d'asservissement, plus que de mission civilisatrice, une multitude de voyageurs, scientifiques ou aventuriers, artistes, solitaires ou en expédition, sillonnèrent les terres d'Afrique et d'Asie pour observer, décrire, étudier les modes de vie de leurs habitants, vérifier l'infériorité des peuples sémitiques. Il en résultait des ouvrages et des œuvres qui, marquées par les préconçus de la supériorité occidentale, nourrissaient la soif d'exotisme et les fantasmes de leurs compatriotes.

Tripoli n'échappait pas à la mode, où la préparation de l'expédition du major écossais Laing occupa une grande partie de l'année 1826. La Société française de Géographie avait mis en jeu un prix de dix-mille francs pour le premier Européen qui atteindrait et surtout reviendrait vivant de Tombouctou, qu'aucun Occidental n'avait jamais rejoint, ni même localisé. Pendant plusieurs semaines, le major sillonna Tripoli, accompagné du consul, à la recherche de caravaniers touaregs pour les accompagner, et de denrées suffisantes pour traverser le désert.

La petite bande des Mangion, mère et enfants, les suivaient-ils parfois, de loin, dans leurs pérégrinations, et jusqu'au campement ? Se moquaient-ils de leur façon d'observer la foule ? Laing et les siens semblaient à la fois fascinés et effrayés, parfois dégoûtés, notifiant chaque détail dans leurs carnets de voyage.

Quelques jours avant le départ de l'expédition, le major épousa la fille du consul Warrington. Antonio et Orsola, en tant qu'Anglo-Maltais, furent-ils invités à la noce ou y assistèrent-ils simplement depuis le parvis de Santa-Maria-degli-Angeli ?

Dans la communauté maltaise, les paris allaient bon train sur le fait que la jeune mariée ne reverrait pas son époux vivant. L'idée était macabre de récompenser une traversée que les Touaregs entreprenaient tous les ans. Le vrai défi pour un Européen n'était pas d'affronter la chaleur et la soif, mais de braver la mort du seul fait de sa mécréance. La vision de ce couple sortant de l'église, si blanc, si anglais, si chrétien ne laissait que peu de chance au major. Il n'arriverait pas à se fondre aux caravaniers. Le présage se vérifia. Laing atteignit Tombouctou, mais au retour il refusa à un chef Zaouât de reconnaître en Mahomet le seul prophète de Dieu. Son refus d'abjurer lui coûta la vie.

Orsola et Antonio demeurèrent à Tripoli jusqu'à la fin des années 1830, dans une maison sans charme du quartier européen, près de la marine. Les soubresauts de l'histoire les mirent en danger à deux reprises.

En 1827, les alliés européens d'alors, la Grande-Bretagne, la Russie et la France, où la monarchie avait été restaurée, soutenaient la guerre d'indépendance grecque contre l'empire Ottoman. À Navarin, dans le Péloponnèse, ils attaquèrent et détruisirent soixante navires de la flotte turco-barbaresque. De nombreux catholiques fuirent Tripoli, tant la colère du pacha Karamanli était grande après cette nouvelle. Dans la foule haranguée, une étincelle pouvait déclencher à tout moment la mécanique du massacre. Antonio choisit de rester.

Le second événement est la guerre civile de 1832 au terme de laquelle, trois ans plus tard, la dynastie des Karamanli fut renversée par l'empire Ottoman qui reprit l'administration directe de la région. Les Maltais les plus riches avaient à nouveau fui Tripoli devenue dangereuse. Mais cette fois encore, Antonio choisit de rester.

Comment la famille vécut-elle les troubles ? Antonio s'aventurait-il avec ses fils aînés jusqu'au fondouk pour traiter les affaires qu'il était encore possible de négocier ? Quant à Orsola, restait-elle recluse avec les plus jeunes, Carmela et Giuseppe ? Dans mon imagination mal nourrie de quelques dates d'état civil, des témoignages de voyageurs européens armés de préjugés, d'essais historiques où l'analyse et les chiffres ne disent rien des odeurs ou de la peur, je voudrais Orsola particulièrement attentive à Carmela pendant ces longs mois de confinement. L'orpheline, trop jeune à la mort de sa mère, n'a connu que mon aïeule. Elles sont les deux seules femmes de la maisonnée. Carmela approche de ses quatorze ans et dans mon récit Orsola s'est juré de la protéger. Elle fera tout pour lui éviter le traumatisme qu'elle-même a vécu, être mariée encore enfant. Or Antonio, tendu par la situation, a évoqué une alliance pour conforter ses positions. Orsola ne voit – je ne vois – qu'un moyen de détourner l'attention d'Antonio de son projet, lui donner un nouvel enfant, ce qu'elle a tout fait pour éviter depuis la naissance de Giuseppe. Le dimanche à l'église Santa-Maria-degli-Angeli, rare sortie que se permet la famille, elle prie la Sainte-Vierge de lui accorder une grossesse au plus vite. Entre femmes elles se comprendraient. Ses vœux furent exaucés, et la nouvelle eut l'effet attendu sur Antonio. Ses projets d'alliance passèrent au second plan.

Sous prétexte de se faire aider, Orsola garde Carmela auprès d'elle. Elles se protègent l'une l'autre, et le cercle qu'elles forment est sanctuarisé par la vie qui se développe dans le ventre d'Orsola. Stefano, mon trisaïeul, le père de l'ogre Adolphe, le grand-père d'Alfred le trouillard, est né le 18 juillet 1834, dans la maison de Tripoli, baptisé à l'église de Santa-Maria-degli-Angeli le 21 août. La guerre civile n'est pas terminée et l'épidémie de choléra fait ses premières victimes. Stefano grandit dans une drôle de famille, avec un vieux père de quarante-cinq ans, des frères et sœurs de quinze à vingt-cinq ans plus âgés que lui et une mère encore très jeune que l'on pouvait confondre avec eux.

L'empire Ottoman, qui avait soutenu l'insurrection, renversa la dynastie Karamanli et reprit la régence directe de la région. L'arrivée des Turcs en nombre dans l'administration du nouveau vilayet compliqua les affaires des négociants étrangers. Le conflit atteint son comble lorsque en 1839, Ali Asker, le quatrième pacha depuis le retour de la régence ottomane, augmenta fortement les droits de douanes, sur les marchandises importées comme exportées, s'essuyant les pieds sur une convention commerciale internationale nouvellement signée. Un groupe de commerçants maltais et juifs livournais, dont Antonio, en firent appel à George Warrington, le consul britannique. Ils se présentaient comme sujets de sa Majesté, ce que, de fait, les Maltais étaient devenus depuis le traité de Paris en 1814. Le consul transmit leur lettre de protestation à John Ponsonby, ambassadeur du Royaume-Uni dans l'empire Ottoman. C'est le seul document d'archive où j'ai vu apparaître le nom d'Antonio Mangion, comme une lettre oubliée sous un tapis qui, après deux cents ans, n'avait pour seul intérêt que je la retrouve. Un codicille précise que le consul lui-même a pris soin de la traduire en anglais depuis l'italien, langue des échanges commerciaux en mer de Sicile. Ma fille Marion, qui vit et travaille à Londres, a traduit la lettre en français, comme pour tisser un lien symbolique entre les sept générations qui la séparent de son lointain aïeul.

« WE the Undersigned, subjects of Her Britannic Majesty, beg leave to state to you, that to this day we are deprived of the advantages arising from the Commercial Convention, which ought to have taken place on the 1st March last. The abuses in force at this custom-house are greater than ever, in consequence of the Pacha having issued a tariff of the prices to be paid at the custom-house, at the same time disavowing all knowledge of the Commercial Convention on which the tariff is founded ; and consequently we are subject to impositions and exactions, instead of those benefits and advantages arising to us by the spirit of the Convention : for instance, a cargo of beans has arrived from Tunis, and a 9 per cent. is demanded for passing the custom-house, on the frivolous pretence that Tunis is the territory of the Sultan. although these beans must have paid the duty (if any) before leaving that place. Another instance of great abuse is, that not satisfied with the duty stated in the tariff, we are compelled to pay 50 per cent. on wine, as an "apalto," and 25 per cent. on the exportation of bullocks for Malta. These, as well as various impositions, are practised, contrary to our interest, and the very face of the Commercial Convention.

We, therefore, lodge this our solemn Protest, which we may request may communicated to those quarters where redress is alone to be had.

[NOUS, soussignés, sujets de Sa Majesté britannique, demandons la permission de vous déclarer qu'à ce jour nous sommes privés des avantages découlant de la Convention commerciale, qui aurait dû avoir lieu le 1er mars dernier. Les abus en vigueur à cette douane sont plus grands que jamais, par suite que le Pacha a émis un tarif des prix à payer à la douane, en reniant en même temps toute connaissance de la Convention commerciale sur laquelle le tarif est fondée ; et par conséquent nous sommes soumis à des impositions et à des exactions, au lieu de ces bénéfices et avantages qui nous résultent de l'esprit de la Convention : par exemple, une cargaison de haricots est arrivée de Tunis, et neuf pour cent sont exigés pour passer la douane, sous le prétexte futile que Tunis est le territoire du sultan, alors que ces haricots doivent aussi payer les droits avant de quitter ce port. Un autre exemple de grand abus est que, non satisfaits du droit indiqué dans le tarif, nous sommes obligés d'en payer cinquante pour cent sur le vin, comme « apalto », et vingt-cinq pour cent sur l'exportation de bœufs à destination de Malte. Celles-ci, ainsi que diverses impositions, sont pratiquées, contrairement à notre intérêt et au principe même de la Convention commerciale.

Nous déposons donc notre protestation solennelle, dont nous demandons qu'elle soit communiquée à ceux qui ont la capacité d'y remédier.]

Anto Aquilina, Filippo Zammit, Per Isac Labi David Figlio, Gaetano Azzopardi, Michele Cillia, Giuseppe Lanzon, Giuseppe Farrugia, Antonio Mangion, Giovanni Bonello, Giovanni Cassar, Isachi Farfar, Tommaso Lanyon.

Tripoli, November 23, 1839 »[26].

Rien ne bougea malgré la protestation des autorités britanniques auprès du pacha, alors Antonio décida que cette fois la famille quitterait Tripoli pour rentrer à Malte. S'ils restaient, la situation se dégraderait avec l'administration ottomane. Ils avaient connu la guerre civile, puis n'avaient pas fui malgré le choléra, mais si Antonio se trouvait empêché de travailler, ils n'avaient pas le choix.

Quarante ans s'étaient passés depuis la prise de Malte et leur exil. Antonio, vieillissant, a-t-il pu céder à un prix suffisant son entreprise de Tripoli pour redémarrer à La Valette ? Rien n'est moins sûr. Orsola, quant à elle, ne connaissait Malte qu'à travers les souvenirs de ses parents. C'était son pays imaginaire comme aujourd'hui la Tunisie est le mien. D'ailleurs les Bezzina étaient-ils du voyage ? J'ai perdu leur trace à Tripoli. Y sont-ils morts ?

Antonio, lui, était bien présent au mariage de ses trois orphelins, à Malte. Vincenzo en 1843 et Giuseppe en 1847 à l'église du Naufrage de Saint-Paul, enfin Carmela en 1850 à Birkirkara. Avec ces trois mariages, après cinquante ans d'errance, la famille reprenait racine sur l'île. Mais les liens se retissèrent-ils aussi fortement avec les oncles, tantes, cousins, cousines ou se sentaient-ils étrangers dans leur propre pays comme le vivent souvent les exilés ?

Orsola et ses deux fils ne sont pas restés à Malte. Je les retrouve en Tunisie en 1856 sur l'acte de mariage de Stefano. Une hypothèse éclot de mon imagination comme un choux fleur du Sahara, nourrie de la seule humidité nocturne. La voici. Orsola qu'ici on considérait comme la marâtre ne fut jamais acceptée. Alors à la mort d'Antonio elle fut exclue du clan, laissée sans ressource, et ses enfants lésés de leur part d'héritage. Giuseppe, son aîné, se considérant comme le nouveau chef de famille, se fâcha avec ses demi-frères. Prenant l'ascendant sur sa mère et Stefano, encore adolescent, il décida qu'il n'était plus question de rester à Malte où d'ailleurs aucun des trois n'était né. Orsola, restant très attachée à Carmela, n'acquiesça qu'avec tristesse. Carmela, mariée et mère, était au service de sa belle-famille. Elles ne se voyaient que rarement et jamais seules. Leur intimité était perdue et quoi qu'il arrive elle ne pourrait plus la protéger.

Ainsi les Mangion d'Orsola posèrent pour la première fois leurs valises à Sfax, où la famille demeura plus d'un siècle. Giuseppe dut dans l'urgence subvenir aux besoins de sa mère et de son frère encore adolescent. Il partit sur le chantier de restructuration de Médéa, au sud d'Alger, où la France colonisatrice modernisait les villes conquises à marche forcée. Il y demeura trois années et y rencontra une musulmane, Fatima Bentizora qui, pour se marier avec Giuseppe, accepta de se convertir. Ils firent le voyage de Rome, où Fatima devint catholique sous le nom de Maria Carolina Scaglio. De retour d'Algérie, ils s'installèrent à Mahdia, près de Sousse. C'est le seul cas de mariage mixte repéré dans l'état civil familial. Malheureusement, il n'est pas dans ma lignée directe. J'aurais aimé trouver cette trace musulmane dans le mélange de mes origines.

Filomena Rossi et Stefano Mangion, Sfax, 1856.

Filomena Rossi et Stefano Mangion se sont-ils connus à l'église Saint-Pierre Saint-Paul ? La paroisse de Sfax est récente, financée comme celle de Tripoli par les communautés maltaises et italiennes. Elle se situe face à Bab Diwan, la porte de la médina. Les jeunes s'y retrouvent aussi bien pour aménager et entretenir le lieu que pour ensuite s'égailler par petits groupes dans le quartier, porter la bonne parole et solliciter les dons. Les parents voient d'un bon œil cette proximité. On reste entre chrétiens et les amours qui germent de cette émulation spirituelle, les mariages qui s'en suivent, renouvellent le sang de leurs progénitures. Les communautés ne comptent que quelques centaines d'individus et les liens de parenté sont fréquents. Les petites colonies siciliennes et maltaises se mélangent naturellement, comme pour renforcer la chrétienté en ces terres musulmanes.

La langue de Stefano, l'arabe maltais, mélange d'arabe et de sicilien, lui permet de comprendre et de se faire comprendre aussi bien des Italiens que des Tunisiens. Il joue les guides pour Filomena, prétexte pour passer du temps avec elle. Ils échangent des expressions en français, que les autres ne comprennent pas. L'un et l'autre en connaissent quelques bribes, Stefano par sa mère qui a grandi en Corse, Filomena par son père, qui, s'il est mazziniste, entretient une correspondance avec les socialistes français.

Orsola se réjouit de l'amour naissant qui se forge entre son fils et la Livournaise, elle qui en avait été privée dès ses quatorze ans. Elle l'avait espéré pour Carmela, mais n'avait pas réussi à imposer à la famille de Bikirkara que sa belle-fille puisse choisir son mari ou au moins avoir son mot à dire.

Stefano et Filomena se marient le 14 janvier 1856 à l'église Saint-Pierre-Saint-Paul. Lui a vingt-deux ans, elle dix-huit. Giuseppe a fait le voyage depuis Mahdia et présente Maria Carolina à sa mère et son frère. La famille est réunie pour la dernière fois. Orsola mourra quelques temps après le mariage.

Les conditions de vie de Stefano et Filomena sont difficiles. Les Maltais continuent d'arriver en nombre à Sfax, poussés par la surpopulation et le peu de ressources dans l'île. Ils s'entassent par centaines dans la Médina, jusqu'à représenter l'essentiel de la population catholique de la ville.

Les voyageurs européens assimilent les Maltais aux Arabes, employant les mêmes termes dégradants pour les décrire. « Ces gens sont entassés au nombre de cinquante ou soixante familles et leurs enfants vivent pêle-mêle, durant le jour, au milieu de femmes sales et mal peignées », écrit Henri Dunant[27]. « L'ossature, les traits, la langue, le tempérament, les mœurs, tout révèle en eux le sang arabe », ajoute Narcisse Faucon[28].

Les Mangion appartiennent-ils à ce lumpenprolétariat, ce peuple de cafards dans la vision de Dunant ? Giuseppe, le frère aîné est identifié dans son acte de mariage comme négociant, et avec sa femme ils ont fait le voyage de Rome pour qu'elle se convertisse. Sa situation et ce voyage laissent supposer qu'ils disposaient de moyens suffisants. Les beaux-parents de Stefano sont des commerçants. Il est probable que le jeune couple ait bénéficié de la solidarité familiale, entre la boutique des Rossi et l'activité de Giuseppe, à Mahdia. J'imagine Stefano être le relais à Sfax de son frère aîné, pour acheter et vendre des marchandises par des moyens pas nécessairement légaux. Sfax est un centre économique et les Maltais jouissent d'une réputation de contrebandiers, touchant à toute la production, de l'huile d'olive à l'élevage de moutons. La présence de la communauté dans tous les ports de la mer de Sicile facilite le trafic solidaire. En tant que sujets de sa Majesté, ils sont en grande partie sous l'autorité judiciaire du consul britannique Richard Wood qui les tire souvent d'affaire.

Dans les archives, on retrouve la famille le 10 décembre 1863 à Mahdia pour les secondes noces de Giuseppe. Maria Carolina est morte depuis à peine trois mois. Comme Antonio son père, Giuseppe s'est-il marié au plus vite pour que la marâtre assure l'éducation des enfants et la tenue du foyer ?

Stefano et Filomena auront, quant à eux, huit enfants. Mon arrière-grand-père Adolphe, né en 1870, en sera le sixième. Comme la plupart des Européens, ils habitent le quartier Franc de Sfax, entre la médina et le port. La Tunisie vit une période importante de son histoire. Une volonté de modernisation du pays aboutit en 1857 au Pacte fondamental qui garantit les libertés et l'égalité des sujets puis à la constitution de 1861, la première du monde arabe. Mais les réformes engagées trop brutalement endettent fortement le pays. L'explosion de l'impôt par tête qui en résulte, la Mejba, déclenche une insurrection en 1864, sévèrement réprimée par l'armée beylicale. À Sfax comme ailleurs, les Européens sont menacés, pâtissant du fait que la constitution leur octroie de nouveaux droits. Des concessions sont accordées aux entreprises étrangères, de France ou d'Italie, et des emprunts sont contractés auprès de leurs banques, dont les intérêts exorbitants expliquent le doublement de la Mejba. Le 30 avril, les insurgés prennent le contrôle de la ville, pillent la perception des impôts, libèrent les prisonniers. Dans l'affolement, les étrangers fuient le quartier Franc pour se protéger sur une corvette de la flotte anglaise, qui mouille dans la rade. Les Mangion y trouvèrent-ils refuge ? Trente ans auparavant, Stefano était né pendant l'insurrection de Tripoli, aujourd'hui il subissait celle de Sfax, mais les Maltais étaient habitués à faire le dos rond. Français, Anglais et Italiens envoient leurs navires dans l'intention de profiter de la situation pour coloniser le pays, mais ils se neutralisent. Finalement, c'est avec le soutien des Ottomans que Sadok bey mate l'insurrection. Comme à Tripoli, s'en suivirent quelques années terribles avant que la situation ne se stabilise. Ruine du pays, famine, population rançonnée, récoltes saisies, typhus et choléra.

En 1869, la Tunisie en faillite est mise sous la tutelle financière d'une commission internationale où, bien sûr, siègent les mêmes Français, Anglais et Italiens qui n'ont pas abandonné l'idée de la conquérir. Malgré leur présence minoritaire dans le pays parmi les Européens, les Français ont deux avantages. Ce sont eux qui détiennent principalement la dette tunisienne et, par ailleurs, ils sont installés depuis près de cinquante ans en Algérie, le pays voisin. Ils obtiennent les concessions pour construire la ligne de chemin de fer jusqu'à Tunis, puis vers le sud. En 1881, une occasion se présente d'envoyer des troupes. Jules Ferry, alors président du conseil, profite d'un conflit entre deux tribus à la frontière algéro-tunisienne pour mener une expédition punitive. Mais cette ingérence provoque une insurrection des Tunisiens.

Le 27 juin, Sfax est la première ville à se soulever. Comme dix-sept ans plus tôt, les Européens fuient le quartier Franc en catastrophe. C'est cette fois la canonnière française *Le Chacal* qui les abrite. La ville est bombardée, puis plus de trois mille soldats français débarquent pour envahir la ville et mater l'insurrection.

Edouard DETAILLE, *Infanterie de marine dans les rues de Sfax*, 1882.

Ce n'est plus trois comme en 1864 mais huit enfants que désormais Stefano et Filomena doivent mettre à l'abri. Adolphe, mon arrière-grand-père, avait onze ans, assez pour que ça reste gravé dans sa mémoire. Quatre-vingts ans, trois guerres et une migration plus tard, il aurait pu me le raconter au lieu de courir après la femme de ménage. Mais j'étais trop petit, j'avais trois ans quand il est mort, en 1965. Il a terminé ses jours chez son fils Hyacinthe à Saint-Étienne-du-Grès dans les Bouches-du-Rhône, où il est enterré. Je n'ai pas connu Hyacinthe, ce frère de mon grand-père, mais je l'ai trouvé au fichier des résistants FFI, sous le pseudo de Hyassou. Un Jean Mangion, peut-être son fils, est maire de Saint-Étienne-du-Grès depuis les années 80.

Je suis impressionné de penser qu'Adolphe, qui a posé ses yeux sur le bébé que j'étais, m'a peut-être pris dans ses bras, était né Maltais sur un sol tunisien qui n'était pas encore français, puis, à onze ans, a vécu sa prise de possession, la révolte de Sfax et enfin l'avancée meurtrière, rue par rue, de l'infanterie de marine française, celle qu'illustre le tableau d'Édouard Détaille, par 4 m sur 3[29].

Les Parisiens

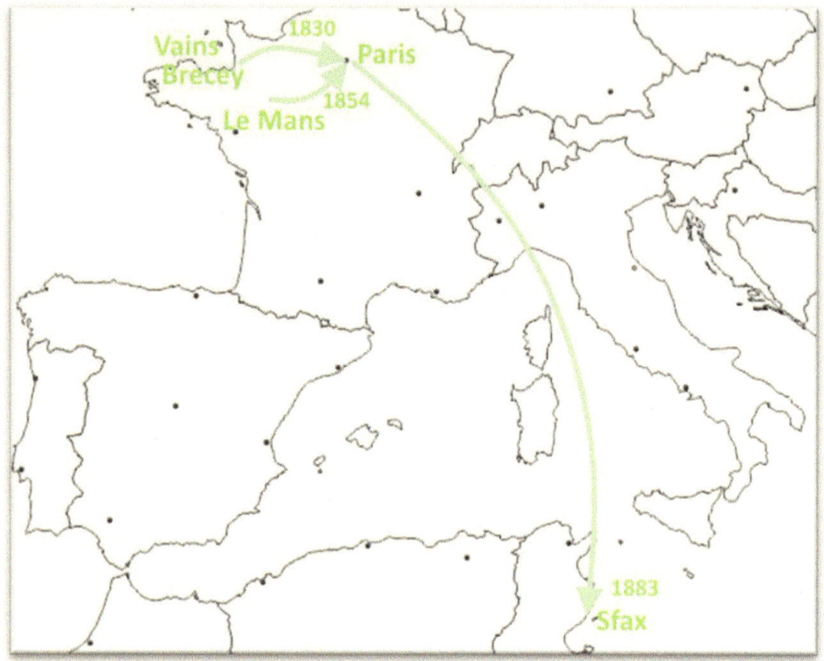

La lignée parisienne de ma famille a su profiter des opportunités de la révolution industrielle. Alors artisans et ouvriers en Normandie, ils montent à Paris au début du XIXe siècle où, en deux générations, ils construisent leur fortune dans la fabrication de voitures hippomobiles. Ils atteignent leur sommet dans les expositions universelles du Second empire, temples de la modernité, avant de connaître un déclin rapide dû à la guerre contre la Prusse en 1870-71, puis à la naissance de l'automobile. L'un des leurs partira alors tenter sa chance en Tunisie, dès les premières années du protectorat.

Félicité Lacaud et Joseph-Henri Gareau, Le Mans, 1820.

Joseph-Henri est un limonadier modeste, orphelin de père. L'année même de son mariage avec Félicité, en 1820, sa mère, Jeanne Sauvage, qui vivait en concubinage avec un voiturier nommé Coudray, se faisait exproprier de sa maison, rue d'Austerlitz dans le centre du Mans[30].

Joseph-Henri meurt à trente-neuf ans, laissant Félicité avec une petite orpheline de sept ans, Adèle. Félicité connaît une nouvelle vie à Paris, fréquente des bourgeois et des aristocrates, se déclare rentière et marie sa fille à un célèbre carrossier fournisseur de Napoléon III. Elle vit à la même adresse qu'un directeur des Messageries impériales, Goudard qui, en duo avec le vicomte de Clinchamp, sera le témoin de mariage d'Adèle.

L'histoire pourrait être la trame d'un roman naturaliste, où Félicité serait une sorte de Nana, Goudard le pauvre Muffat et Clinchamp l'amant Xavier de Vandeuvres.

Marie-Françoise Bréhier et Victor Lelorieux, Paris, 1830.

Dans les années 1820, Marie-Françoise Bréhier et Victor Lelorieux, enfants de cultivateurs manchois, s'installaient et se mariaient à Paris. Ils sont parmi les tout premiers migrants de l'exode rural qui s'accélérera à partir du milieu du XIXe siècle. Victor est sellier et Marie-Françoise ouvrière lingère. Au jour de leur mariage, le 19 juillet 1830, Marie-Françoise est enceinte, presque à terme. Leur premier enfant, Louis-Victor, naîtra un mois plus tard. Ils ne sont plus un jeune couple, Victor a trente ans et Marie-Françoise vingt-neuf. Ils habitent au 346 de la rue Saint-Jacques. Le quartier, près du Val-de-Grâce, a été remodelé en 1906 lors du percement de la rue Fustel de Coulanges, mais, par chance, la cour du 346 a été photographiée avant sa destruction par Eugène Atget.

Rue St Jacques - 346. Avril 1900. Atget, Eugène, Musée Carnavalet, Histoire de Paris.

Lui est de Vains, elle de Brecey, deux villages des environs d'Avranches. Sont-ils arrivés ensemble dans la capitale ou s'y sont-ils connus ? Ont-ils fui la Normandie, en rupture avec leurs familles, ou au contraire sur leur insistance, à cause de la grossesse hors mariage ?

La photo d'Atget montre une impasse d'habitations ouvrières, de celles qui, aujourd'hui, font les *charmantes courettes parisiennes* des profils Airbnb.

La situation du couple évolue rapidement. Ils déménagent dès 1830 au 6, rue Coquenard[31] dans le IXe arrondissement, où Victor devient carrossier. L'entreprise familiale de création de voiture à cheval connaîtra un succès grandissant jusqu'à la fin du Second empire. En 1844, Victor ouvre son atelier au 2, Rond-Point des Champs-Élysées[32]. La famille habite à deux pas, rue Montaigne[33], qui voit bien s'installer les écuries impériales. En face de l'atelier se situe le monumental Palais de l'industrie où se déroule l'exposition universelle de 1855. Inscrit dans la classe 5, celle de « mécanique spéciale et matériels des chemins de fer et des autres modes de transport », Victor obtient deux mentions honorables pour une « calèche-berline à quatre mains, montée sur neuf ressorts, sièges détachés de la caisse[34] ».

En 1864, Victor, qui a l'âge du siècle, passe la main à deux de ses fils, Amédée-Édouard, mon aïeul, et Victor fils, encore mineur, qu'il émancipe pour l'occasion. Les quelques mots de la publicité de l'acte de création de Lelorieux-Frères, retrouvée dans le *Moniteur universel* du 21 février 1864, bien que formels nourrissent mon imagination.

Victor, qualifié d'« ouvrier sellier » à son mariage en 1830, puis de « carrossier » à la naissance de ses enfants, est devenu « propriétaire ». Amédée-Édouard, qui a trente et un an et déjà père de quatre enfants, est mentionné comme « carrossier ». Son jeune frère et associé de dix-huit ans, malgré son émancipation et son « autorisation à faire commerce », est enregistré comme « ouvrier carrossier ».

L'extrait du *Moniteur* se conclut par une phrase glaçante. « En cas de décès de l'un des deux associés, la société sera dissoute et il sera procédé à sa liquidation. » Je ne comprends pas l'objectif de cette clause, qui condamne la société à une durée de vie limitée, sans succession aux héritiers, ce qui est le fondement des entreprises familiales. Elle écarte aussi les autres membres de la fratrie, composée de quatre garçons. Connaissait-elle des dissensions ?

Victor, le père, et sa femme Marie-Françoise se partagent désormais entre la rue Montaigne et Vains où lui deviendra maire, de 1865 à 1875. Marie-Françoise, elle, meurt à Paris en 1870.

Comment ont-ils vécu ces quarante années parisiennes qui connurent trois régimes et deux révolutions ? Était-il un patron exploiteur, sans état d'âme, ou au contraire proche de ses ouvriers, comme c'était le cas dans nombre d'ateliers de la capitale ? Était-il sensible aux idées socialistes naissantes, attentif à l'émergence du mouvement ouvrier ? Ses origines paysannes, son engagement dans l'entreprise, le rappel du savoir-faire, sellier ou carrossier, quand d'autres couraient après des titres de conte ou baron, montrent qu'il était attaché aux compétences plutôt qu'à la rente. Sa participation aux expositions universelles, l'installation de l'entreprise au Rond-Point des Champs-Élysées laissent deviner un passionné du progrès, un ambitieux aussi, qui veut être vu, mais qui n'oublie pas ses débuts d'ouvrier sellier, fils de paysan manchois.

Adèle Gareau et Amédée-Édouard Lelorieux, Neuilly, 1854.

En une génération, les Lelorieux se sont ancrés dans la bourgeoisie parisienne. En 1854, Amédée-Édouard épouse Adèle Gareau, à Neuilly, et pour la première fois apparaît la mention d'un contrat de mariage.

Adèle est la fille d'une veuve, Félicité Lacaud. La famille est originaire du Mans. Joseph Henri Gareau, le père d'Adèle, un limonadier, est mort alors qu'elle avait sept ans. La mère, Félicité, bénéfice d'une rente dont on ne connaît ni l'origine ni l'importance. Laquelle des deux familles a-t-elle imposé le contrat pour se protéger ? Je pencherais pour les Lelorieux qu'on a vu quelques années plus tard introduire une clause scélérate aux statuts de la société familiale Lelorieux-Frères.

Les deux témoins du côté d'Amédée, malgré leur statut de propriétaire et ou de rentier, signent laborieusement, comme s'ils ne maîtrisaient pas l'écriture. Ce n'est pas le cas des témoins d'Adèle, qui, de plus, affichent des titres prestigieux. Un directeur des Messageries impériales, compagnie de navigation, et un Vicomte de Clinchamp, d'une famille aristocrate sarthoise, célèbre pour avoir constitué une bibliothèque de livres rares et précieux[35]. Louis Gourard, le directeur des Messageries impériales, était déjà présent auprès de la veuve, vingt ans plus tôt, comme témoin du décès de son mari, et aujourd'hui ils habitent ensemble, du moins à la même adresse de Neuilly. Quelle histoire imaginer de ces quelques bribes ? L'ami du limonadier Gareau, à la mort de celui-ci, a-t-il recueilli la veuve et l'orpheline au Mans, puis à Paris où le conduit sa carrière ? Les a-t-il mis à l'abri en leur constituant une rente ? Est-il devenu l'amant de Félicité ? A-t-il élevé Adèle comme un père adoptif ou est-il simplement resté son parrain, puis le témoin de son mariage ? Adèle a vingt-six ans, Amédée vingt-et-un. Louis Goudard a-t-il œuvré dans le cercle de ses connaissances pour trouver un mari à l'orpheline et lui assurer un destin qui tardait à se faire jour. L'entreprise Lelorieux, en plein essor, tirait aussi avantage de cette union qui rapprochait la famille du centre de la galaxie impériale. Le jeune couple a-t-il obtenu, par l'entremise de l'érudit Vicomte de Clinchamp, quelque invitation au bal des Tuileries ?

Le mariage arrangé n'exclut pas une histoire d'amour ou à défaut une réelle complicité. Sur l'acte de naissance d'Émile, leur premier fils, mon trisaïeul, il est noté à propos d'Adèle qu'elle exerce la « même profession » que son mari carrossier. Ainsi travaille-t-elle dans l'entreprise familiale, aux côtés d'Amédée et Victor, son beau-père. C'est exceptionnel dans son milieu. Dans la même période, celles des premières années de son mariage, elle mettra au monde quatre enfants, tous garçons. Ces quelques traits inscrits noir sur blanc me renvoient l'image d'une femme intelligente et instruite, que la perte de son père et le retour de fortune de sa mère a contrainte à des choix difficiles, mais décidée à jouer un rôle actif dans la conduite de sa vie.

Amédée et Adèle entament une nouvelle phase de leur vie à partir du milieu des années 1860. Amédée a pris les rênes de l'entreprise, associée à son jeune frère qui, encore mineur, n'en a pas la signature. Adèle, après ses quatre fils, n'aura plus d'enfants. S'est-elle investie plus dans la vie de Lelorieux-Frères ? Les modèles de voitures vont évoluer vers plus de raffinement et peut-être n'y est-elle pas étrangère. Le sommet de leur art est atteint à l'exposition universelle de Paris en 1867. Lelorieux-Frères obtient, comme en 1855, une mention honorable, mais cette fois pour un « landau de la forme la plus élégante et de la plus extrême légèreté », qui tranche avec la solide « calèche-berline à quatre mains » d'il y a vingt-deux ans.

La stratégie de l'entreprise change du tout au tout, Amédée veut laisser sa marque. Il déménage et agrandit les ateliers avenue de la Grande-Armée, d'autres rue Sainte-Marie[36], il ouvre une agence à Lille, investit dans la publicité, fait réaliser une affiche par un artiste de renom, Jules Chéret. Dans *La résurrection de Rocambole*[37], l'écrivain à succès Ponson du Terrail fait d'Amédée un personnage secondaire du roman, employeur de Pierre le moujik. Le chapitre deux de l'épilogue décrit, dans une scène très réaliste, le travail

Jules Chéret - 1872 (Photo : BnF)

des ateliers de Lelorieux-Frères, avenue de la Grande-Armée :

« La forge est ardente comme une fournaise ; les marteaux se succèdent sur l'enclume, l'acier siffle dans les bassins, le soufflet fait entendre sa respiration gigantesque.

Une douzaine d'hommes au visage noirci et aux mains noires vont et viennent, travaillant sans relâche.

Les uns cerclent les roues, les autres forgent des boulons, d'autres aplatissent et façonnent sous le marteau des feuilles de ressorts.

Tout le monde travaille ; les ordres se croisent, les limes grincent, le fer bat le fer.

Nous sommes dans les ateliers de construction de Lelorieux, le grand carrossier.

On fabrique là vingt voitures à la fois, de modèles et de noms divers.

Voici le grand coupé à huit ressorts, et le *phaéton* de maître, et le *poney-chaise* à un cheval, et le coupé *Clarence* du banquier, le *duc* à vaste garde-crotte, le *breack* et *dog-cart*, le *tilbury* à télégraphe, et le grand *mail-coach* qui figurera aux courses prochaines de la Marche et de Chantilly avec ses quatre trotteurs irlandais, conduits à grandes guides par un parfait gentleman… »[38]

En 1866, la parution de l'œuvre en feuilleton dans le *Petit journal* fit grimper les tirages à plus de 280 000 exemplaires, et autant d'occasions de faire connaître Lelorieux, « le grand carrossier ». J'imagine la famille en commenter fièrement les passages, à Paris comme à Vains.

Lelorieux-Frères a été un précurseur du placement de marque, bien avant ceux, plus célèbres, de Sarah Bernhardt. Les cadeaux aux œuvres caritatives permettaient au nom Lelorieux de côtoyer celui du couple impérial, comme cette « charmante voiture » offerte à la loterie générale des bureaux de bienfaisance, entre « la magnifique parure de diamant de la ville de Paris » et les « magnifiques vases de l'élégant et riche service de table […] sortis de la manufacture de Sèvres, donnés par l'Empereur et l'Impératrice [39]».

Ces investissements en nouveaux modèles et publicité n'auront pas le temps de porter leurs fruits. En 1870, la guerre contre la Prusse éclate, qui met fin au Second empire et ses à fastes. Les grands bourgeois fuient la capitale et le temps n'est plus aux élégants carrosses mais aux transports militaires. À la capitulation succède l'insurrection du 18 mars 1871. Les ouvriers, exploités, sans protection sociale ni droit de grève, se révoltent et installent une assemblée progressiste à l'Hôtel de Ville. C'est la Commune de Paris. Elle ne vivra que deux mois avant d'être réprimée dans le sang. Trente mille parisiens tomberont sous les balles, mais le printemps 1871 restera un modèle et un symbole pour le mouvement ouvrier.

Lelorieux-Frères a-t-elle stoppé la production ? Avant le siège de Paris par les Prussiens ou sous le feu des Versaillais pendant la Commune, la famille Lelorieux a-t-elle fui ou est-elle restée aux côtés des ouvriers ? Leur statut et leurs efforts, avant-guerre, pour intégrer les cercles du pouvoir, auxquels appartenaient leurs clients, en feraient d'horribles anti-communards. Mais, paradoxalement, l'un des deux frères appartenait à l'Association internationale des travailleurs, celle de Marx, Engels et Bakounine. En 1869, un « Lelorieux, carrossier, avenue de la Grand-Armée » est signataire d'un appel à la solidarité des travailleurs français avec leurs camarades suisses en grève[40], rubaniers et teinturiers de Bâle. Sa signature côtoie celle des grands noms de l'AIT, dont certains deviendront, deux ans plus tard, des leaders de la Commune, comme Varlin, Avrial, Theisz ou Pindy. Lequel d'Amédée ou de Victor fils s'agit-il ? Le prénom n'est pas précisé, mais je parierais sur Victor. Il a vingt-trois ans, treize de moins que son frère. Il est célibataire et sans enfants et, bien qu'en théorie associé de l'entreprise, n'en a pas la signature. Dans les journaux on ne cite qu'Amédée, lui ne fréquente pas les salons. Sans doute est-il resté bien plus proches des ouvriers. Un autre événement ajoute au romanesque du personnage. En 1876, Victor épouse Denise Besnard… dont il se sépare en 1879. La séparation de biens et de corps fait l'objet d'une annonce légale, dans *la Patrie*[41]. Le divorce, interdit depuis la Restauration en 1816, ne sera réintroduit dans le Code civil qu'en 1884. La séparation, qui n'annule pas le mariage, n'est autorisée que pour faute grave. Quelle fut-elle pour que le couple Lelorieux-Besnard en arrive là au bout de trois années seulement ?

En 1874, la société Lelorieux-Frères est dissoute. Une dernière publicité, en mai, vante le « modèle nouveau » d'une wagonnette à cheval, 1200 frs., mais avec le même dessin qu'en 1869, avant la guerre. Faut-il se débarrasser du stock avant fermeture définitive du magasin de l'avenue de la Grande-Armée ?

Au tournant des années 1880, la famille vit des bouleversements. En 1879, Adèle et Amédée-Édouard perdent l'avant-dernier de leurs quatre fils, Amédée-Marie, à vingt ans. L'aîné, mon aïeul Émile, part pour la Tunisie, nouvelle colonie française. Leur second, Victor-Édouard, intègre Normale-Sup, puis deviendra un professeur de physique jouissant d'une bonne notoriété. Il débutera sa carrière à Reims avant d'obtenir un poste au lycée Louis-le-Grand.

L'entreprise, elle, renaîtra de ses cendres. Elle apparaît sous un nouveau nom, Lelorieux & Cie, dans l'annuaire de l'industrie et du commerce[42] jusqu'en 1915, à la mort d'Amédée-Édouard. Elle siège au 64, avenue de Wagram, dans le XVIIe arrondissement, tandis que la famille est installée dans deux rues adjacentes, au 16 rue Fourcroy et 18 et 38, rue des Renaudes.

Mon oncle Charles dans les années 1970 et moi-même à la fin des années 1990, habiterons, sans le savoir et par un pur hasard, à quelques portes des adresses de nos ancêtres, lui au 54 avenue de Wagram et moi

au 18 rue Fourcroy. Mes enfants, eux, fréquenteront l'école du 31 rue des Renaudes. C'est une pirouette du destin, car nous ignorions la présence même des Lelorieux à Paris. La lignée, depuis Émile, avait tracé son chemin de Sfax, aller-retour depuis le 16, rue Fourcroy. Il passait par Tunis, Hamamm lif, Sousse, Sfax, Médéa, Oran, Toulouse, Saint-Étienne, Nice, pour finir par mon propre chemin, Antony, Bagneux, Châtenay-Malabry, la Celle-Saint-Cloud, jusqu'au 18, rue Fourcroy. Mais du point de départ parisien, il ne restait aucune trace dans le récit familial. La Tunisie a tout écrasé. Dès mon adolescence à Nice, l'attraction de Paris a été irrépressible, grâce à un séjour passé à seize ans chez mon oncle du 54, avenue de Wagram, justement. Il était homosexuel, la famille faisait semblant de ne pas le savoir, et quand il descendait à Nice, il faisait semblant de ne pas en être humilié. Paris lui offrait l'anonymat et la liberté de vivre comme il l'entendait. On sortait tous les soirs, il m'emmenait au Palace, on roulait la nuit sur les pavés, et dans la journée, pendant qu'il travaillait j'arpentais les rues de la ville. Depuis lors, sans que ce fut une obsession, l'attirance de la capitale ne me quitta plus. Alors, en licence, quand le hasard des sélections m'offrit la possibilité de m'inscrire à l'université de Paris VI, je n'hésitai pas. Je vécus quinze ans en banlieue, où je me mariai et eus deux enfants. Paris intra-muros n'était pas dans mes moyens, mais je ne renonçai pas d'y parvenir, en programmant des alertes automatiques sur les sites de recherche d'appartement. Celui du 18, rue Fourcroy se présenta comme un bon plan rarissime. Le loyer était abordable à condition de le prendre en l'état. Quatre-vingt-dix mètres carrés, hauts plafonds, moulures et cheminées dans un immeuble haussmannien. Je mis tous les moyens de mon côté en fabriquant sur mon PC de fausses fiches de salaire et avis d'imposition. Nous passâmes deux années à patiemment le remettre en état avant que le propriétaire décide de le mettre en vente, bien trop cher. Nous le quittâmes pour un logement intermédiaire du XVIIIe, à loyer plafonné. Je ne restai donc que durant cette courte période le voisin de mes aïeux, à cent ans de distance, mais elle fut déterminante. Mes enfants purent intégrer un collège-lycée public de prestige, Carnot, qu'ils ne quittèrent plus. Je me rends compte aujourd'hui que la couche la plus profonde de papier peint que nous avions décollée dans l'appartement de la rue Fourcroy datait du temps des Lelorieux. Sur le plâtre libéré, nous avions découvert l'autoportrait qu'un maçon, artiste doué, avait réalisé au crayon sur le mur et que nous conservâmes précieusement. L'ouvrier était un contemporain d'Adèle et d'Amédée-Édouard. S'étaient-ils croisés dans le quartier ?

Revenons à leur époque. L'entreprise familiale n'a plus la même aura qu'au temps du Second empire. On ne retrouve ni sa présence dans les concours, ni de publicité passée dans les journaux. Le 19 août 1896, elle est cependant citée par *le Rappel* parmi les ateliers dont les « ouvriers en voiture » protestent contre la loi Cochery, une disposition fiscale qui désavantage le secteur. L'article nous apprend que le quartier des Ternes, où elle se situe, est « le centre le plus important de la carrosserie parisienne ».

Lelorieux & Cie disparaît des radars avec la guerre et la mort d'Amédée-Édouard, en 1915[43]. Veuve, sans doute Adèle est-elle restée à Paris auprès de ses deux derniers fils, Victor-Édouard le brillant physicien et Édouard-Amédée, dont je ne sais rien.

Dernière trace parisienne, en 1924 une carrosserie *Lelorieux* est repérée à Levallois, où elle embauche forgeron et monteurs au 87, route de la Révolte, comme un hommage à Victor fils, l'internationaliste.

On demande FORGERON et MONTEURS en carrosserie. — Carrosserie LELORIEUX, 87, route de la Révolte, Levallois.

Éloïse Fabri et Émile Lelorieux, Tunis, 1883.

Qu'est-ce qui a poussé Émile, le fils aîné d'Adèle et Amédée-Édouard, à quitter Paris pour la Tunisie, dès les premières années de la colonisation française ? C'est le seul des Lelorieux à avoir fait ce choix. Fuyait-il la famille ? Sa première trace dans le protectorat est son mariage en 1883 en l'église Sainte-Croix de Tunis, avec une Maltaise, Éloïse Fabri. L'année suivante, à la naissance de leur fille Marie, celle que j'ai connue à l'hôpital de Lavaur, ils habitent Sfax où Émile occupe la fonction de secrétaire du vice-consul de France. A-t-il obtenu ce poste grâce à la proximité des Lelorieux avec milieux de pouvoir à Paris ?

On imagine ce bourgeois du XVIe arrondissement, d'origine normande, teint pâle et yeux bleus dont ses descendants hériteront jusqu'à ma mère, débarquer dans un pays que les voyageurs européens décrivent comme au niveau zéro du développement et tomber amoureux d'une maltaise que ces mêmes voyageurs considèrent comme des demi-sauvages. Mais Éloïse n'est pas une Maltaise à la Dunant ou Faucon. C'est une bourgeoise, comme lui.

Émile est mort jeune, autour de ses quarante ans, avant 1898, donc avant ses parents, au moins son père Amédée-Édouard dont on sait qu'il est mort en 1915. Éloïse, elle, s'est remariée en 1898, à trente-trois ans. A-t-elle gardé des relations avec ses beaux-parents Lelorieux ? Sa fille Marie, mon arrière-grand-mère a-t-elle fréquenté ses grands-parents parisiens ?

Le 23 septembre 1899, la *Dépêche tunisienne* annonce dans sa chronique locale les passagers débarqués de Marseille par le paquebot *Félix-Touache*. Dans la liste se trouve Henri Deltel, le nouveau mari d'Éloïse, et plus loin – les femmes sont en queue de liste ! – la mention « Melle Lelorieux, Deltel ». Ainsi Éloïse, sa fille Marie alors âgée de quinze ans et son nouveau mari ont-ils voyagé en France cette année-là. Éloïse et Marie ont-elles fait la visite chez les Lelorieux du XVIIe arrondissement, grands-parents et oncles de Marie, rues Fourcroy, des Renaudes et avenue de Wagram.

Quelques années plus tard, Marie leur a-t-elle présenté son fils Roger, mon grand-père né en 1908 ? Il n'a jamais évoqué devant moi ces Lelorieux francaouis, ni même sa grand-mère Éloïse, qui pourtant n'est morte qu'en 1945 à Sousse, où il vivait. Ma mère non plus ne parlait pas des Lelorieux, alors qu'elle était prolixe sur son grand-père maternel. Marie la folle de Lavaur n'avait peut-être pas supporté que sa mère se remarie si vite avec Henri Deltel après la mort de son père, Victor-Émile. Haïssait-elle sa mère et son beau-père au point de ne pas laisser ses enfants les fréquenter ? Éloïse n'a pourtant pas eu un destin heureux. Mort de sa mère à dix ans, arrivée de sa belle-mère à treize ans, mariée à dix-huit, naissance de sa fille à dix-neuf, perte d'un nouveau-né à vingt-trois ans, veuve à trente ans, remariée à trente-trois. Enfin, sa seule fille qui la tient à l'écart. Elle mourut à quatre-vingts ans, mais vit partir ses trois frères et sœurs juste avant elle, en quatre ans.

J'ai le souvenir de l'expression de mes grands-parents « c'est un Fabri » semblant ne désigner que de lointains alliés. Je comprends aujourd'hui qu'ils étaient plus proches qu'il n'y paraissait, famille issue de la grand-mère, des grands-oncles et grands-tantes de mon grand-père Roger. Mes grands-parents avaient-ils été mis au ban des Fabri-Lelorieux ? Ma grand-mère Marguerite se plaignait de la méchanceté de sa belle-mère. Marie l'ogresse n'avait peut-être pas supporté que son fiston Roger, descendant d'un secrétaire de l'Ordre de Malte d'un côté, et d'un industriel, célèbre fabricant de carrosses de l'Empire, puisse s'unir avec une Marguerite Morganti, fille d'un aventurier italien engagé dans la légion étrangère, Victor, et d'une marrane prénommée Judith.

Les Aveyronnais

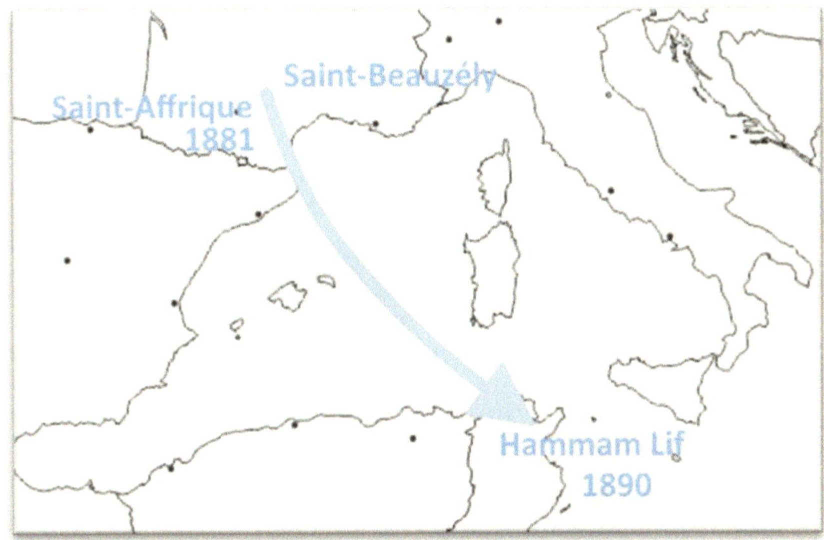

Si l'on établissait un classement de mes villages d'origine en fonction du nombre de mes ancêtres qui y ont vécu de la naissance à la mort, sans discontinuer, Saint-Beauzély l'Aveyronnaise grimperait sur le podium. Je n'en connaissais pas le nom, mais seulement celui de Saint-Affrique, à une trentaine de kilomètres, où à la fin des années 1870, mon aïeul mosellan s'était installé, chassé par les Prussiens. Là, il rencontrait et épousait mon aïeule Saint-Beauzélienne avant, quelques années plus tard, d'emmener la famille en Tunisie.

Magdelaine Vidal et Jean Nègre, Saint-Beauzély, 1834.

Magdelaine et Jean sont des orphelins. Magdelaine a perdu ses deux parents avant ses dix-huit ans. Elle ne se mariera que dix ans plus tard, à vingt-huit ans, avec Jean Nègre, de cinq ans plus jeune qu'elle. Sur l'acte de mariage, qu'elle ne sait pas signer, elle est décrite comme sans profession. Quels ont été ses revenus pendant toutes ces années ? Elle n'est pas rentière, c'est une certitude. Était-elle au service de quelque parent qui lui offrait gîte et couvert en échange d'être corvéable à toute heure ?

Jean, de son côté, orphelin de père à sept ans, débute comme cultivateur, avant de devenir cordonnier, comme l'était son père.

Marie Gazagnes et Joseph Carrière, Saint-Beauzély, 1828.

Joseph Carrière, d'abord cultivateur, devient garde champêtre. Autant moqué que craint, le garde champêtre est un personnage central de la campagne au XIXe siècle, qui incarne l'ordre[44]. Il inspire les romanciers, du Vaudoyer de Balzac dans *les Paysans* au Bécu de Zola dans *la Terre*. Ils sont recrutés pour la plupart parmi d'anciens militaires. Joseph ou son fils Alexis en étaient-ils ? Comme Bécu ou le père Zéphirin dans *la Guerre des boutons* de Louis Pergaud, ont-ils participé aux campagnes d'Afrique, en l'occurrence la conquête d'Algérie ? La mémoire de ces campagnes était-elle encore entretenue lorsque Marie Carrière, la petite-fille de Joseph, la fille d'Alexis décida avec son mari Jules Dormoy, de s'installer en Tunisie ?

De Marie Gazagnes je ne retrouve aucune information qui permettrait d'imaginer sa vie. Sur les actes de mariage, les informations sur l'épouse sont moindres et ne mentionnent que rarement l'activité. Il arrive que l'âge ou la parenté ne soient même pas indiqués. Mais le fait que Marie ait mis au monde son fils avant d'être mariée laisse entrevoir un drame ou peut-être une belle histoire. Leur fils Alexis avait cinq semaines lorsque ses parents sont passés devant le maire. Le curé de Saint-Beauzély les a-t-il autorisés à se marier à l'église ? Le mariage a-t-il été forcé ? Joseph, qui sait, a-t-il reconnu un enfant qui n'était pas le sien pour éviter la honte à la mère et à l'enfant, à la façon d'un Alban épousant l'Angèle de Pagnol ?

Alexis exerce le beau métier de facteur rural. Il parcourt à pied et par tous les temps les villages des environs. Le métier est créé dans les années 1830. Comme les gardes champêtres, autres arpenteurs des campagnes, ils sont recrutés le plus souvent parmi d'anciens militaires. Alexis est d'ailleurs fils de garde champêtre. Les candidats facteurs savent lire et écrire et doivent offrir « toutes les garanties morales que demandent les fonctions de confiance[45] ». L'âge limite est de quarante ans. Sans attendre, peu après son mariage à vingt-huit ans avec Marie Rosalie Nègre, Alexis change de métier et devient cordonnier. C'est son beau-père Jean Nègre, lui-même cordonnier, qui le forme et l'embauche. Un contrat de mariage est signé, qui sans doute réglait la succession du commerce et, j'espère, protégeait Marie Rosalie en cas de défaillance de son mari.

Les Lorrains

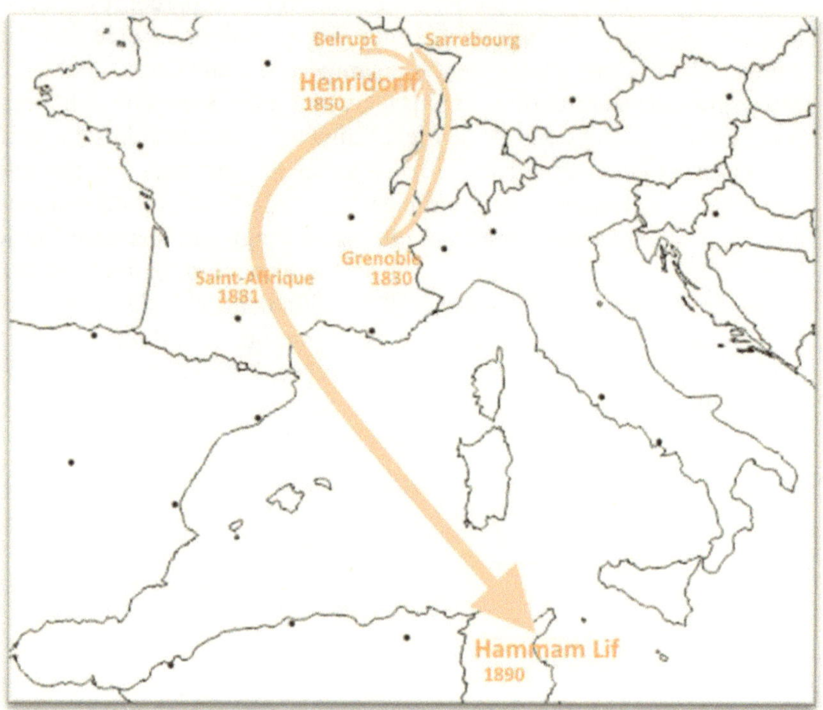

L'Alsace et la Lorraine sont deux régions dont sont issus de nombreux colons d'Afrique du Nord. Mes ancêtres de cette branche ont suivi la vague des ceux qui, après l'annexion de leur terre natale par les Allemands en 1873, ont choisi de s'exiler. La majorité s'est rendue directement en Algérie, déjà occupée par la France, mais mon trisaïeul

Jules Dormoy a vécu une quinzaine d'années en Aveyron, où il a fondé une famille, avant de rejoindre la Tunisie avec femme et enfants.

Marie-Catherine Heitz et Nicolas Dérousse, Grenoble, 1830.

Nicolas Dérousse, né à Sarreguemines en 1792, est le fils de Didier Dérousse, brigadier de gendarmerie de la ville, qui deviendra quelques années plus tard capitaine de gendarmerie du nouveau département du Mont-Tonnerre, créé comme trois autres sur les territoires conquis à l'Allemagne par l'armée de la République. La Gendarmerie nationale est toute nouvelle, qui succède à la Maréchaussée royale. Didier fait partie des toutes premières brigades. La marraine de Nicolas est la femme du chancelier de Sarreguemines. On est entre notables de la petite ville, qui compte alors moins de deux mille cinq cents habitants. Nicolas suivra et dépassera la carrière de son père, en obtenant la légion d'honneur. Il commence comme commissaire de police à Grenoble et finira capitaine de gendarmerie à Strasbourg, où il meurt en 1849.

Je ne sais presque rien de Marie-Catherine. Elle est née à Sarrebourg d'un père boulanger et morte à Strasbourg en pensionnée de l'État, grâce à la légion d'honneur de son mari. Tous les deux sont morts jeunes, à moins de soixante ans.

Agathe Corda et Jean Dormoy, Belrupt, 1816.

Agathe et Jean sont nés, se sont mariés et sont morts dans le même village. En ce début de XIXe siècle, Belrupt compte moins de trois cents habitants et les familles Corda et Dormoy y sont largement représentées. À la naissance de leur fils François, en 1821, Jean est manœuvre. Mais trente ans plus tard, à l'époque du mariage du même François, il est devenu propriétaire. Son père est maçon et un de ses oncles cultivateur. Le père d'Agathe est manœuvre aussi, il deviendra vigneron. Un de ses oncles est charpentier. Ces traces glanées dans les archives, ajoutées à une vieille carte postale retrouvée de Belrupt, évoquent les images figées dans nos mémoires de la France paysanne du XIXe siècle, à la façon des peintures réalistes de Millet ou Courbet. Mais les changements de condition qui s'opèrent dans la vie d'Agathe et Jean et de leurs enfants témoignent aussi des bouleversements du siècle. L'industrialisation, le développement du chemin de fer, celui de l'enseignement, le système monarchique qui, malgré la Restauration, recule, de l'État qui administre.

Belrupt a son héros, Joseph Corda, du même nom qu'Agathe, général de la Révolution et de l'Empire. Il fut de nombreuses batailles napoléoniennes, et garda ses fonctions après la Restauration. Jean et Agathe et tous les Loups[46] – c'est ainsi que l'on appelle les habitants de Belrupt – suivirent les exploits de leur héros jusqu'à sa mort en 1843. Clin d'œil de l'histoire à ma famille, dans les années 1810 Corda fut un temps prisonnier à Malte, d'où les Anglais

Belrupt-en-Verdunois en 1908. Jean Debergue, éditeur.

avaient chassé les troupes napoléoniennes et avec elles certains de mes ancêtres. En pointant l'île, prison de Corda, sur un atlas, les Dormoy pouvaient-ils imaginer que, trois générations plus tard, ils mélangeraient leur sang à des natifs de Malte, quelque part dans la Régence de Tunisie, alors sous la souveraineté de l'empire Ottoman ?

Elvire Dérousse et François Dormoy, Henridorff, 1850.

Adèle n'est ni du même village ni de la même condition que François. Il était temps de mélanger les sangs et d'ouvrir les horizons.

Elle est née à Grenoble, mais sa famille est mosellane, de tradition militaire. Dans la lignée des Dormoy, François est le premier à être sorti de sa condition. Au-delà, on ne trouve que cultivateurs et manouvriers qui ne s'étaient jamais éloignés de Belrupt. François y est né, mais à l'époque de son mariage avec Elvire, en 1850, il avait déjà quitté la Meuse pour la Moselle. Ils vivent à Henridorff, à deux cents kilomètres de Belrupt, où il est identifié comme entrepreneur de travaux publics. En 1868, le couple était domicilié à Altkirch, encore deux cents kilomètres plus au sud, dans le Haut-Rhin. Elvire meurt jeune, à trente-huit ans et, ironie du destin, c'est elle qui sera enterrée à Belrupt, le trou d'où elle avait sorti son mari.

En 1886, on retrouve François, veuf et rentier à Liffol-le-Grand, dans les Vosges. Sans doute avait-il fui l'Alsace après son annexion par les Allemands. Un nouveau déménagement de deux cents kilomètres, vers le nord-ouest cette fois, comme si au soir de sa vie, il s'apprêtait à boucler la boucle et rejoindre Belrupt. Mais au contraire il s'en éloigna définitivement pour suivre son fils Jules et sa famille à Tunis. Il y mourut en 1907, bien loin de son village natal.

Marie Carrière et Jules Dormoy, Saint-Affrique, vers 1880.

Jules Dormoy est l'un des cinq colons de la famille. De dessinateur[47], employé secondaire chez un ingénieur des ponts et chaussées à Saint-Affrique, il devint inspecteur des travaux à la Bône-Guelma, la société missionnée pour prolonger la ligne de chemins de fer algérienne vers la Tunisie. Jules est un lorrain né à Henridorff. Il est un « optant », ainsi appelle-t-on ceux qui, nés dans les territoires annexés par l'Allemagne ont choisi de les quitter après la défaite de 1871, afin de conserver leur nationalité française[48]. Ils sont quarante-neuf mille à faire ce choix, le sien est notifié en novembre 1872[49]. Ce choix oblige Jules à quitter sa ville mosellane, Henridorff, située du mauvais côté du « Liseré vert », frontière des territoires annexés. Il se replie à Belrupt près de Verdun, d'où sa famille paternelle est originaire. Là, il finit ses études. Elvire, sa mère, est morte en 1868, alors qu'il n'avait que dix-sept ans.

Les Prussiens se désengagent du Verdunois en septembre 1873. S'ensuit pour lui une longue période militaire. On peut imaginer l'esprit revanchard qui l'anime comme les quarante-neuf mille « optants », expatriés par patriotisme. Artilleur d'active, il ne grimpe que modérément dans la hiérarchie. Il finira maréchal des logis. Commander ne l'intéresse pas. Il se met en congé de l'armée en 1876, où il commence une carrière civile dans les ponts et chaussées. Il ne participera plus qu'à quelques périodes d'exercices. Il passera dans l'armée de réserve en 1886 pour n'être définitivement libéré qu'en 1897. Son carnet militaire nous apprend qu'il mesure 1 m 76, qu'il a les cheveux châtains, les yeux gris, le front bombé, le nez et la bouche moyens, le menton rond, le visage ovale et le teint foncé. C'est le portrait de mon grand-père Roger, son petit-fils, sauf le teint qu'il avait rougeaud.

Jules est engagé aux Chemins de fer de l'Est à Épernay, puis quitte la Lorraine en 1880 pour Sauclières, en Aveyron, où d'autres chantiers ferroviaires l'attendent. Mu par l'extension du réseau, à la manière des pionniers du Far West, il s'établit à Saint-Affrique, toujours dans l'Aveyron. Au service de l'ingénieur en chef des ponts et chaussées du secteur, il participe à la construction de la ligne depuis Albi[50]. À Saint-Affrique, il rencontre et épouse Marie Carrière. Après leur aîné François en 1881, Charles, mon arrière-grand-père, naît dans cette ville en 1883. En 1886, la famille est recensée[51] à Saint-Affrique avec un troisième fils, Ferdinand. Jules apparaît encore dans une liste de francs-maçons de la ville[52], loge de l'Intime Union, dont l'antimaçonnique et obsessionnel Léo Taxil nous apprend qu'elle était mixte[53].

Ainsi, c'est en famille que Jules et Marie s'établiront en Tunisie, à la fin des années 1880. À cette époque, le gouvernement de Jules Ferry, promoteur d'une expansion coloniale sans retenue, sous prétexte d'un droit des « races supérieures » de civiliser les « races inférieures »[54], encourage les « optants », Alsaciens et Mosellans, à se lancer dans l'aventure, leur offrant toutes les facilités. Jules poursuit le chemin de Sfax des Dormoy par le réseau ferré, non pour l'emprunter mais pour le construire. Lui s'arrêtera à Tunis où son fils Charles prendra le relais vers le sud, jusqu'à Hammam Lif et Moknine.

Il me revient les horreurs décrites par Albert Londres dans *Peau d'ébène*. « Les nègres mouraient en masse » sur les chantiers de la compagnie ferroviaire Congo-Océan. Qu'en était-il des arabes de la Bône-Guelma, sous les yeux de l'inspecteur des travaux Jules Dormoy ?

Sa situation lui permet, avec sa femme, d'accéder à la petite bourgeoisie coloniale. En 1907, le mariage de son fils Charles avec Marie Lelorieux la Normande Maltaise est annoncé dans le carnet mondain de *l'Illustration algérienne, tunisienne et marocaine*[55].

Je n'ai pas retrouvé la date exacte à laquelle Jules et sa famille s'installèrent en Tunisie. Les archives de la Bône-Guelma, qui pourraient me l'apprendre, sont conservées en Tunisie et ont peu de chances d'être un jour numérisées. Internet est muet et aveugle jusqu'au mariage de Charles.

Les Béarnais

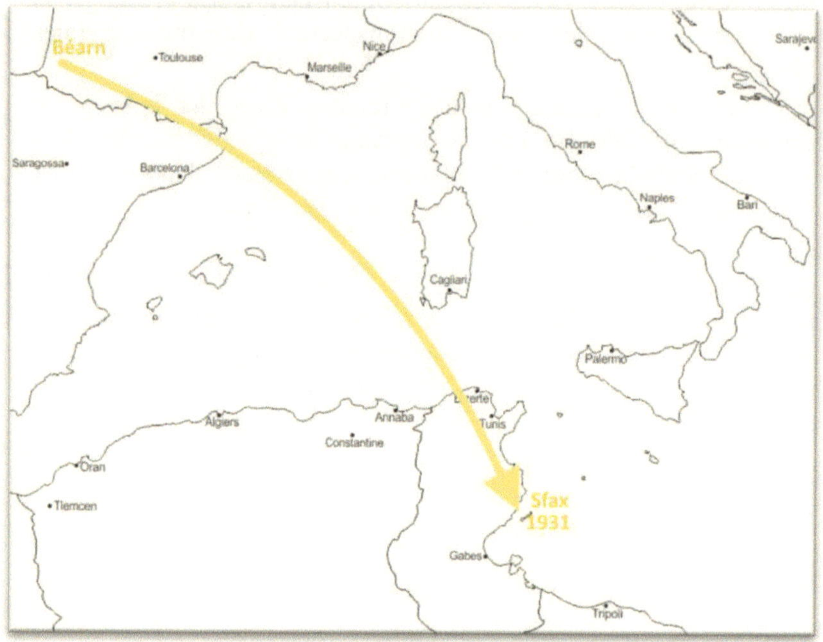

Ma grand-mère Laurence Dachary fut une colone par amour. Elle suivit en 1931 son prince charmant, mon grand-père venu séjourner dans le Béarn. Mais, de fait, comme institutrice à Sfax, elle participa au projet colonial. Je n'en ai jamais discuté avec elle. Elle est morte à une époque où je baignais encore dans le roman familial. Mais je me souviens de son indépendance d'esprit, alors j'espère qu'elle n'était pas dupe du rôle clé que l'école jouait dans la colonisation et des vérités alternatives que contenaient les programmes. J'espère qu'elle a su, comme Louise Michel en son temps, enseigner « entre les lignes ».

Vingt-cinq ans de vie en Tunisie n'ont pas été suffisants pour en faire un citoyenne à part entière du « peuple nouveau ». Ses racines béarnaises étaient trop profondes pour être facilement arrachées. Aussi loin que j'aie pu remonter, elles ne recouvraient que quelques villages le long du Gave. En cent cinquante ans, une lente migration d'une soixantaine de kilomètres s'était opérée depuis les confins des Landes et du Pays basque, de Came et Peyrehorade jusqu'à Oloron, avant le grand saut de Laurence vers la Tunisie. Mais pour le reste de sa famille, aujourd'hui encore établie dans la région, elle est restée une exception. Avant elle, seule une arrière-grand-tante, dans les années 1860, s'était engagée à Paris comme femme de chambre, où elle a fait sa vie. Je ne sais pas si ma grand-mère en avait la mémoire, mais il me plaît d'associer ici ces deux femmes.

Amélie Monségur et Pierre Danty-Cazalis, Salies-de-Béarn, 1833.

Ensemble, Amélie et Pierre ont prospéré. Signalés comme cultivateurs en 1835, ils sont propriétaires en 1855, année de mariage de leur fille Jeanne. À cette époque, dans les campagnes, la mention de propriétaire n'est pas toujours synonyme de richesse, mais vingt ans de labeur et quelque héritage leur ont sans doute assuré un peu d'aisance.

Pierre a un double nom. À celui de son père, Danty, est accolé celui de sa mère, Cazalis. Ce patronyme devait avoir une certaine notoriété dans le pays, pour ne pas vouloir le perdre.

Amélie est fille de teinturier. Son acte de naissance avait été perdu. Pour son mariage, un notaire a dû certifier son identité et sa naissance en 1815. On ne sait sur quelles bases il les a établies.

Jeanne Daugé et Bernard Marcajour, Orthevielle, 1808.

Leurs jolis patronymes Daugé et Marcajour sont trompeurs. Ils ne traduisent pas l'état de misère dans lequel Jeanne et Bernard se trouvent. Au moment de leur mariage en 1808, l'un et l'autre n'ont plus ni père ni mère. Ils sont de Peyrehorade et Orthevielle, en Chalosse dans les Landes, à proximité immédiate du Béarn, sur l'autre rive des Gaves réunis. Bernard est laboureur journalier, au plus bas de l'échelle sociale paysanne.

Peyrehorade subit la retraite des troupes napoléoniennes après la défaite en Espagne. Chassé par Wellington, le maréchal Soult fait de la ville son quartier général. Les habitants subissent les réquisitions et les exactions de son armée désorganisée. En février 1814, la bataille d'Orthez laisse des milliers de morts et blessés, puis la région est occupée par les vainqueurs, plus respectueux de la population que les soldats français[56]. Les morts des guerres napoléoniennes sont anonymes. Ils n'apparaissent pas sur les monuments des villages. Ceux tombés dans le Béarn et en Chalosse ont-ils été rapatriés et enterrés chez eux ou leurs cadavres sont-ils restés sur place, dans des fosses communes dont on ne sait plus l'emplacement ? Les registres qui dorment dans les archives municipales de Peyrehorade contiennent dans une écriture serrée les actes de décès de ceux qui sont tombés, victimes de la Campagne d'Espagne depuis 1808, dans la ville et ses alentours. Numérisées sur Internet, elles offrent un lieu de commémoration, virtuel mais unique. À l'inverse des monuments aux morts, les soldats ne sont pas regroupés selon leur village mais parce qu'ils sont morts dans le même petit hôpital militaire de Peyrehorade. S'y mélangent prisonniers espagnols, déserteurs, héros tombés au combat[57].

Jeanne et Bernard se sont mariés et ont eu leurs deux aînés dans les troubles de cette guerre qui ne les concernait pas. Mon aïeul Pierre, leur dernier fils, naîtra quatre ans plus tard, peu avant la mort de Jeanne. Bernard, le père, mourra en 1826. Pierre avait alors huit ans, ses aînés quatorze et onze ans. Ont-ils connu l'orphelinat ? Sont-ils restés ensemble ? Comment Pierre s'est-il retrouvé plus tard gendarme à Salies-de-Béarn, à trente kilomètres de là ? Est-il passé directement de l'orphelinat à la caserne ?

Marie Cassaingt et Pierre Dupuy Marot, Sauveterre, vers 1820.

Le malheur est tenace et héréditaire chez les Dupuy, dans cette première moitié du XIXe siècle. Marie, comme plus tard son fils Jean, est morte vers la trentaine. Jean n'avait alors que dix ans et sa petite sœur Marie-Élisabeth, la dernière-née, quelques mois. Leur père, Pierre Dupuy Marot, un charpentier, les a-t-il élevés seul ? Marie-Élisabeth s'exilera à Paris, engagée comme femme de chambre. À cette époque, leur recrutement est militaire, souvent organisé par les curés, et leur soumission aux maîtres à la limite du travail forcé. En 1866, alors âgée de trente-quatre ans, elle épouse un menuisier veuf, un immigré comme elle, mais de Haute-Marne. Pierre, son père, ne fait pas le déplacement pour assister au mariage. Elle y mourra vieille, à soixante-quatorze ans, échappant à la sale manie familiale.

Pourquoi le nom de Pierre est-il affublé d'un second nom, Marot ? Internet me délivre deux pistes à l'opposé l'une de l'autre. Soit Marot est un sobriquet habituel chez les Gascons, signifiant bêta[58], soit Pierre était d'une famille protestante. Certaines étaient surnommées ainsi pour avoir chanté les psaumes de David au temps des guerres de religion[59], traduits et mis en rimes par Clément Marot.

Marie-Cécile Salette et Marc Lescouté, Parenties, 1817.

Hasard des patronymes, Salette est le nom d'un autre grand psautier, traducteur en béarnais de l'ouvrage de Marot. Trois siècles plus tôt, à la cour de Jeanne d'Albret, sa contemporaine et reine de Navarre, le rapprochement de ces familles aurait eu un tout autre retentissement que celui de mes ancêtres, tanneur d'un côté, charpentier de l'autre.

Marie-Cécile et Marc sont de Parenties, un hameau limitrophe de Sauveterre dont le seul fait marquant est qu'il possède une abbaye laïque. Ces abbayes laïques sont une curiosité béarnaise du Moyen-Âge. Elles n'appartenaient à aucun ordre religieux, mais était placée sous la protection d'un abbé laïque qui ainsi avait le droit de percevoir la dîme.

Un autre événement prête à sourire. En 1842, Parenties a fusionné avec le hameau voisin de Guinarthe. La nouvelle commune fut nommée dans un premier temps Parenties-Guinarthe, mais changea de nom trois ans plus tard pour Guinarthe-Parenties. Quelles batailles à la Clochemerle entre Guinarthais et Parentiesois ont-elles abouti à un tel rebondissement ? Les Salette et les Lescouté ont-ils combattu jusqu'au dernier sang pour défendre la position de Parenties ? Marie-Cécile était heureusement morte avant que d'assister au carnage. Marc et elle étaient nés à l'aube de la république, an III, elle aux frimas de frimaire, lui au soleil de messidor.

Marie Lavie-Sédié et Jean Carjuzaà, Tabaille, 1813.

Marie et Jean se sont mariés à Tabaille, mais sont nés dans des villages voisins, Araujuzon et Saint-Gladie. C'est une règle qui se dessine dans cette branche basco-béarnaise de ma famille, tout au long du XIXe siècle. Les unions se font entre villages proches, mais différents. Une façon naturelle de réduire les risques de consanguinité. Gestas, Tabaille, Montfort, Araujuzon, Saint-Gladie, Sauveterre sont tous dans un rayon de six kilomètres.

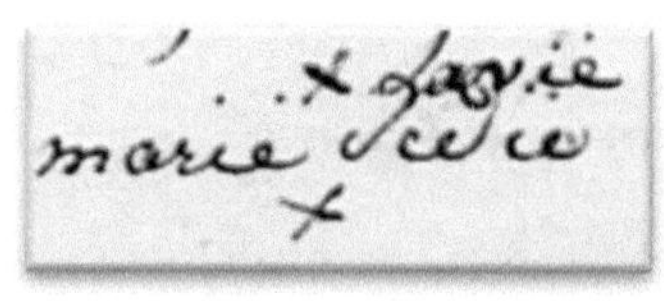

Marie est de trois ans plus âgée que son mari. L'orthographe du son nom, Lavie-Sédié, est approximative. Sur son acte de naissance était inscrit Marie, fille de Jacques Sévié. Sur son acte de mariage, il est noté Sédié, avec une correction ajoutée dans l'interligne supérieur, Lavié. Il s'agit peut-être d'une erreur de rédaction, mais qui a modifié son patronyme. Enfin, sur l'acte de naissance de sa fille, elle est dénommée Marie Lavie-Sédié. Une ultime déclinaison en Lavie, pour le reste de sa vie. Cette singularité ne s'est pas transmise à sa descendance. Le nom des femmes s'efface avec le mariage, emportant les coquilles dans leur disparition.

Jeanne Lassalle et Jean Labourdette, dit Larroque, Montfort, 1809.

Ici la famille changea artificiellement de nom. Jean donna son surnom Larroque à ses enfants, au lieu de son nom de naissance Labourdette. Labourdette n'est pas un joli patronyme et aurait gâché la belle harmonie des Dachary, Carjuzaà, Bareits, Sarcou, Sédié, Marcajour et même Bourdalès. Mais ce n'est pas pour des raisons esthétiques que Jean pérennisa son surnom. Larroque est le nom de son parrain.

Jeanne Lassalle, sa femme de six ans son aînée, porte les mêmes nom et prénom que sa belle-mère. Il y avait de quoi troubler la psyché de Jean.

Magdelaine Bareits et Jacques Sarcou, Came, 1809.

Dans la région, à cette époque, on est d'une « maison », dont il arrive qu'on emprunte le nom de celui qui l'a construite. En consultant les vieilles photos du village, on comprend mieux cet usage. Les maisons, massives, sont incontestablement construites pour être collectives, où plusieurs générations d'une même famille peuvent cohabiter. Ainsi un homme peut-il porter le nom de sa femme, si le couple s'installe dans la maison de cette dernière.

Came (photo non datée). www.so-genealogie.fr

Magdelaine et Jacques sont de la maison Cailleba, dans le quartier Prigailla de Came. Ils sont cultivateurs.

Dominique Bourdalès et Arnaud Dachary, Came, vers 1806.

Jusqu'au milieu du XIXe siècle, la branche Dachary de ma famille paternelle est établie à Came dans le Pays basque. Puis elle se mit à dériver lentement, d'une soixantaine de kilomètres en cent ans, d'ouest en est, de Came à Oloron, sans quitter les Basses-Pyrénées[60].

Les origines basques dont je me suis souvent vanté sont très ténues. Bien que Came possède un nom basque, Akamarre, les gardiens de la pureté ethnique sont partagés quant à sa réelle appartenance à Euskal

Herria. On dira que je suis « un peu basque sur les bords », ce qui me convient.

De Dominique et Arnaud, nés dans le dernier quart du XVIIIe siècle, je sais seulement qu'ils étaient cultivateurs et qu'à la naissance de leur fils Thomas, en 1806, ils habitaient à Came, section du Prigailla, maison Delabare. Le même quartier que les Sarcou, dont Thomas épousera la fille.

Jeanne Danty-Cazalis et Pierre Marcajour, Salies-de-Béarn, 1855.

Le mariage de Jeanne et Pierre détonne, ne s'agissant pas ici d'une union entre familles d'artisans ou de paysans. Pierre est de parents indigents qui l'ont eu sur le tard. Il n'avait qu'un an lorsque sa mère est morte, huit quand ce fut le tour de son père. Il s'engage très tôt dans la gendarmerie, où il trouve une nouvelle famille. Plus tard, son capitaine lui signera l'autorisation de se marier, à la façon un père de substitution. Même si c'est une démarche obligatoire, je retiens la symbolique.

Jeanne est fille de cultivateurs propriétaires. La différence de patrimoine est assez importante entre les époux pour qu'un contrat de mariage soit établi. Elle deviendra cafetière, sans doute possédait-elle son propre établissement.

Gendarme et cafetière dans Salies-de-Béarn, ville majeure des environ, parmi les plus peuplées, et dont les sources salées attirent des thermalistes mondains. Ces quelques détails me les rendent vivants et sympathiques.

Augustine Lescouté et Jean Dupuy, Sauveterre, 1847.

Jean est mort en 1857, laissant sa femme Augustine veuve à trente-deux ans, avec un fils de deux ans. Le couple n'était pas gâté par le destin. Les deux avaient pour point commun d'être orphelins de mère. Augustine est couturière. En 1871, deux terrains à Sauveterre, hérités de ses parents, sont vendus aux enchères[61]. Mise à prix : 2800 francs, soit 7000 € actuels, à partager entre une fratrie de huit enfants, dont deux sont introuvables, sans domicile fixe, précise le notaire. Les résidus de cette vente n'ont pas fait d'Augustine une rentière. Quelques années plus tard, elle déménagera à Bayonne où son frère est le curé de l'église Saint-André. Y a-elle refait sa vie ?

Marie Carjuzaà et Jean Larroque, Gestas, 1845.

Marie au joli nom de Carjuzaà, est de Tabaille, née à la métairie Vivier, précise son acte de naissance. Jean, lui, est de Montfort. Tabaille et Montfort sont des villages très proches de Gestas, à moins de quatre kilomètres, où le couple se marie. À eux trois, ils comptent un millier d'habitants. C'était là l'univers de Marie et Jean. Jean est forgeron.

Gracie Sarcou et Thomas Dachary, Came, 1837.

Thomas n'est plus cultivateur comme son père, mais forgeron. Après son mariage avec Gracie, il quitte la maison Delabare pour s'installer avec elle dans celle de Cadeton, toujours dans la section du Prigailla.

Amélie Marcajour et Jean-Joseph Dupuy, Sauveterre-de-Béarn, 1877.

Avec les parents de Jeanne Dupuy et leurs ascendants, je continue de déambuler sur la carte du Béarn, avançant au nord vers de nouvelles communes, à la limite du département des Landes. Amélie Marcajour, la mère de Jeanne, est de Salies-de-Béarn. La ville, réputée pour ses thermes d'eau salée, connut son apogée aux XIXe

Vers 1900, auteur anonyme

siècle, ainsi certains bâtiments empruntent au faste du Second empire. La proximité d'une clientèle aristocratique, les carrosses et robes à crinoline avaient-ils une influence sur Amélie ? Elle est fille de gendarme, plus au fait des événements de la ville.

Jean-Joseph est natif de Sauveterre-de-Béarn, commune limitrophe. Il est orphelin de père, mort quand il avait deux ans. Il ne l'a pas connu, mais lui a succédé dans le travail du bois. Son père était charpentier, lui sera menuisier.

Suzanne Larroque et Laurent Dachary, Gestas, 1873.

Laurent est le premier des Dachary à casser les codes. Ce n'est pas une révolution, mais c'est un début. Il quitte Came pour Gestas, à une trentaine de kilomètres à l'ouest en suivant ce qui est aujourd'hui une route secondaire, la départementale 936. Il entame la lente dérive de la lignée, qui l'amènera jusqu'à Oloron-Sainte-Marie. Au XIXe siècle, cette route était un axe important des Basses-Pyrénées, longeant le Gave d'Oloron. Elle se nommait alors la « route départementale n°3 de Bayonne à Tarbes[62]». Dans les années 1970, nous l'empruntions encore, avec mes grands-parents d'Oloron, pour rendre visite à la famille de Bayonne. Navarrenx, Gestas, Sauveterre, Came, je n'avais pas conscience, alors, que je remontais le temps, grimpant sur une branche de mon arbre généalogique. Ma grand-mère n'évoquait pas ses ancêtres. Elle était peu attachée à sa ville natale, Sauveterre, moins qu'elle ne l'était au Mans, la ville de ses études, ou à Sfax.

Laurent se marie à Gestas avec une fille du village, Suzanne Larroque. Gestas est en Béarn, mais culturellement attachée à la Soule, territoire du Pays basque. On y parle majoritairement le basque. Gestas est Jeztaze et Suzanne une Jeztaztar. Elle est fille de forgeron, comme Laurent, mais la première dont le métier, cuisinière, est inscrit sur l'acte de mariage. Laurent, lui, est maréchal-ferrant, ce qui constitue une évolution sociale. Contrairement au forgeron, on lui confie des chevaux et de fait, il développe quelque compétence vétérinaire.

Suzanne et Laurent forment un couple moderne pour le lieu et l'époque. Ils travaillent tous les deux et n'habiteront pas toute leur vie où ils sont nés. Ils s'installent à Navarrenx, un bourg plus important du département.

Un contrat de mariage les lie, ce qui indique que l'une ou l'autre de leurs familles, peut-être les deux, ont un patrimoine à protéger. Comment souvent, l'évolution sociale des enfants s'appuie sur une vie de labeur de leurs parents.

Jeanne Dupuy et Laurent-Camille Dachary, Bayonne, 1907.

La famille basco-béarnaise entre dans une nouvelle ère avec Jeanne et Laurent-Camille. Ce sont les premiers à ne pas exercer de métiers manuels ou agricoles. Leurs descendants seront instituteur, ingénieur, employé de bureau, mais on ne trouvera plus aucun menuisier, maréchal-ferrant, forgeron, charpentier, tanneur, laboureur, cultivateur, journalier, teinturier, comme l'ont été leurs ancêtres sur trois générations, cafetière ou cuisinière pour les deux seules femmes dont le métier est inscrit sur les actes.

Laurent-Camille aura une carrière. Il débutera instituteur à Os-Marsillon, puis enseignera comme professeur à l'école primaire supérieure d'Orthez. Les écoles primaires supérieures permettaient aux élèves issus des classes populaires et moyennes de continuer leurs études après le certificat, pour devenir institutrices ou instituteurs, sorte d'études secondaires bridées. Laurent-Camille sera aussi directeur d'école à Oloron puis, à partir de 1931, directeur de la Caisse d'épargne[63]. La banque est installée dans un bâtiment à l'architecture spectaculaire, d'imitation classique. Son directeur, déjà grisé par le pouvoir de l'argent, pouvait s'y sentir nobliau. Est-ce la vanité qui a poussé Laurent-Camille, fils et petit-fils d'artisans et au-delà de paysans, à abandonner l'enseignement pour la banque ? Ou simplement le sentiment qu'il serait ici plus utile à sa classe après avoir pendant trente ans éduqué les enfants ? J'ai le souvenir que dans la famille, on disait qu'il était un homme de gauche. Les Caisses d'Épargne et de Prévoyance n'étaient pas des banques comme les autres. Ouvertes à tous, hommes et femmes, elles encourageaient la solidarité et l'épargne populaire, et finançaient des projets locaux. Quelques années avant sa nomination, alors qu'il était encore directeur d'école, Laurent-Camille avait reçu la *médaille de la prévoyance sociale*, preuve qu'il était engagé dans ce mouvement[64].

Mon arrière-grand-père est mort en juin 1942, à 69 ans. A-t-il su que son fils Georges travaillait à l'antenne des ponts et chaussées du camp de Gurs ? Était-il encore directeur de la Caisse d'Épargne à cette époque ? La Caisse d'Épargne a-t-elle participé au financement des travaux de construction du site ? A-t-elle accordé des crédits aux entreprises et exploitants qui maintenaient et alimentaient le camp, devenu une véritable manne pour la région d'Oloron, dont Georges était un des principaux maîtres d'ouvrage et dont Arlette, sa future femme employée au secrétariat, rédigeait les ordres de mission ? Autant de questions auxquelles je n'ai pas de réponses.

Jeanne Dupuy est la dame blanche, impressionnante et muette, de l'appartement sombre au-dessus du Gave, la sainte dévote aux stigmates. Elle me réservait les mêmes surprises que l'ogresse de Lavaur et la phobique du gaz de Montpellier. Je m'aperçois que ma grand-mère Laurence est née trois ans avant son mariage avec Laurent-Camille, en 1907. C'est à l'opposé de l'image que je me faisais d'elle jeune. Laurence est née le 15 septembre 1904, présentée au maire de Sauveterre par la sage-femme. Laurent-Camille l'a reconnue le 20 septembre et Jeanne le 5 octobre. D'évidence, Laurence était une enfant non désirée. Étaient-ils amoureux ? Ma grand-mère ne m'en a jamais parlé. Sur l'acte de naissance comme sur ceux de reconnaissance, les deux témoins cités sont des amis du couple, un aubergiste et un horloger. Aucun nom de leurs familles n'apparaît, sans doute en avaient-ils été rejetés. Cela expliquerait qu'ils se soient mariés à Bayonne, et non pas dans le Béarn où ils habitaient. Je ne saurai jamais comment ils se sont rencontrés, plus personne ne pourrait me le raconter.

Les Siciliens

Caltagirone, en Sicile, est ma ville d'origine la plus solide, puisque mon arrière-grand-mère Adelina Giangreco et tous ses ascendants sur au moins trois générations, soit quinze membres de ma collection, y sont nés. Dans mon panthéon familial, ces Caltagironesi dont je ne connaissais pas l'existence font mieux que les Béarnais et les Aveyronnais.

Je regarde à quoi ressemble Caltagirone sur Internet. Sur toutes les photos de touristes auxquelles donne accès Google Maps, se trouve le même escalier monumental, Santa Maria del Monte, droit et très large, qui traverse la vieille ville comme la faille de San Andreas la Californie. Wikipédia m'apprend qu'en 1844, Salvatore Marino en a réuni les différentes volées, et depuis les années 1950, des carreaux de majolique ornent les contremarches, symbolisant la tradition séculaire de la céramique à Caltagirone.

Le déracinement et la mort prématurée d'Adelina ont fait que mes origines siciliennes, bien que bourgeoises, ont été effacées, étouffées par les Maltais, auxquels ma bisaïeule a donné dix-huit enfants recensés, vingt-deux d'après la légende, au terme desquels elle est morte en reine buckfast, vidée de ses phéromones.

Maria Cujus et Gaetano Giordano, Caltagirone, vers 1815.

Gaetano est le premier Giordano repéré comme « fabbriciere », entrepreneur. Il est mort à cinquante et un an, avant que sa fille Giacoma ne se marie, mais l'entreprise familiale lui a survécu. Ceux de la génération suivante qui apparaissent sur les actes d'état civil affichent le même métier. Quand les Giordano s'unissent aux Azzolina, bourgeois et magistrats, c'est une ascension sociale que n'aura pas connu Gaetano.

Cujus, le nom de Maria, dont l'étymologie latine signifie « celui ou celle dont il s'agit », indique que le nom d'un de ses ancêtres directs, lorsqu'il est né, n'a pu être établi. Cujus a été inscrit sur l'acte et ses descendants en ont hérité comme patronyme. C'est le cas des enfants trouvés ou, quand il s'agit de décès, des morts inconnus. Dans les années 1820, des dizaines d'enfants sont inscrits dans les registres de décès sous le nom de Cujus, de parents inconnus, « Ignoti Parenti », et domiciliés à l'église du quartier. En revanche, le prénom est souvent inscrit. L'enfant mort n'est peut-être pas inconnu, mais pour une raison mystérieuse, on ne l'inscrit pas sous son nom de famille.

Carmela De Majo et Giacomo Azzolina, Caltagirone, vers 1810.

Carmela et Giacomo étaient très jeunes lorsque leur fils Giacinto est né. Elle avait vingt ans et lui à peine dix-huit. Je n'ai pas retrouvé leur acte de mariage, mais sans doute se sont-ils mariés dans la précipitation.

Dix ans plus tard, on retrouve Giacomo officier à la Segrezia qui, en Sicile, désigne l'administration chargée de la collecte des impôts.

Après la réunification des royaumes de Sicile et de Naples en 1816 dans le nouveau royaume des Deux-Siciles, l'aristocratie locale s'insurge de la perte d'identité de l'île et restaure un gouvernement autonome à Palerme. Giacomo se rapproche des carbonari de Caltagirone, qui se trouvent dans la même mouvance séparatiste[65].

L'insurrection est rapidement défaite. Giacomo, sentant le vent tourner, se rend spontanément, et sauve ainsi sa carrière. Il est nommé « cancelliere », poste de fonctionnaire chargé de la rédaction des actes juridiques et administratifs[66].

En 1821, Carmela et Giacomo perdent leur fille de huit ans, Maria, sœur cadette de Giacinto.

Giacomo mourra avant le mariage de son fils en 1843. Carmela, elle, toujours vivante, y était présente.

Nunzia Marino et Salvatore Mauro, Caltagirone ?, 1799.

*San Onofrio, majolique, Museo
della Céramica, Caltagirone.*

Marino est un nom marrane portés par deux branches de la famille très éloignées l'une de l'autre. Leurs descendants ne se croiseront dans mon arbre que cinq générations plus tard. Mais il n'est pas impossible que les Marino de Caltagirone et ceux de Pantelleria aient un lien de parenté. Les uns comme les autres sont Siciliens. Salvatore est magistrat, « professione forense », un bourgeois comme tous ceux de cette lignée. Nunzia, sa femme, était-elle fille d'une famille de fermiers, comme ceux de Pantelleria ?

Nunzia et Salvatore habitaient Strada San Onofrio, qui n'existe plus aujourd'hui. Avec San Giacomo, Onofrio, Onuphre en français, est un saint prisé des Caltagironesi. Une majolique représente l'anachorète au Museo della Ceramica.

Francesca Rizzo et Francesco Giangreco, Caltagirone, 1798.

Je n'ai retrouvé qu'une infime trace de Francesca et Francesco, à génération égale les plus anciens de mon bestiaire, puisque nés dans les années 1760. Francesco est mort alors que son fils Giacomo n'avait que treize ans.

Sur l'acte de naissance de leur fille Carolina, établi à Caltagirone en 1851, le domicile indiqué pour Giacinto Azzolina Patti, son père, est Caltanissetta. Caltanissetta est le chef-lieu de la région voisine, « Pruvincia du Nissa » en sicilien, à environ à 80 km à l'ouest de Caltagirone. Mais il est également indiqué que Carolina est née « nella casa di abitazione delli juddetti conjugi » (dans la maison des époux susmentionnés). Ainsi, outre leur domicile principal de Caltanissetta, Giacoma et Giacinto possèdent une autre maison à Caltagirone, ce qui est cohérent avec le statut de « civile » (bourgeois)[67] qui est attribué à Giacinto.

Villa Patti, Caltagirone. Photo : Angelo Parisi

Pourquoi le nom composé Azzolina Patti ? Les Patti sont une famille aristocratique de Caltagirone. La villa Patti, dont la façade néogothique est l'œuvre de l'architecte Gian Battista Nicastro, abrite de nos jours le musée de la ville. Il était sans doute avantageux aux Azzolina d'afficher cette noble parenté.

Carolina est une enfant tardive, Giacoma et Giacinto ont trente-six et quarante ans. Avait-elle des frères et sœurs aînés ? Les réponses sont dans les milliers de pages aux écritures de mouches que je n'ai eu le courage de déchiffrer. J'attends sans trop d'espoir qu'un valeureux généalogiste le fasse un jour pour moi et me permette, d'un clic, de trouver l'information sur Internet.

Les témoins de l'acte de naissance, Francesco et Salvatore Giordano, trente-sept et vingt-deux ans, sont des « fabbriciere », qui d'après le Tramater[68], désigne « colui che soprantende alla fabbrica di una gran chiesa, o simile » (celui qui supervise la construction d'une grande église, ou similaire). Aujourd'hui on dirait ingénieur du bâtiment. Ainsi, les Giordano de Caltagirone étaient des bâtisseurs.

Un ouvrage de Girolamo Pagliano, entrepreneur qui s'est rendu célèbre grâce à l'invention d'un sirop purgatif à succès, dévoile une part d'intimité de Giacinto et Giacoma. Il contient un témoignage écrit de Giacinto vantant les mérites du sirop Pagliano, si laudatif pour le laxatif qu'on peut se demander s'il n'était pas un ami de la famille. Voici la lettre traduite en français, Giacinto est alors âgé de soixante ans :

Museo Nazionale Collezione Salce, Trévise, Italie.

« Sicile - Caltagirone, 27 avril 1870.

Très cher Monsieur,

Votre sirop pour les deux premières bouteilles que je me suis procurées chez un commerçant reconnu et honoré de la ville, a produit des effets prodigieux, et je vous assure que moi, attaqué d'une violente rhumatalgie à la tête, ayant fait usage d'une cuillerée à café tous les matins, en trois jours j'ai été parfaitement guéri. Après plusieurs jours de fortes douleurs à la poitrine avec fièvre et toux spasmodique, j'ai utilisé le même sirop, et, également guéri en trois jours, j'ai pu entreprendre mes affaires au tribunal, où j'exerce en tant qu'avocat procureur. Sur la base de ces expériences, j'ai utilisé le même sirop chez ma femme, qui était affligée d'une douleur aiguë à l'épaule gauche jusqu'à la poitrine du même côté, et de la même manière

124

a été guérie en trois jours, alors que la douleur avait résisté à toute méthode de médecine.

Encouragé par ces résultats, j'ai administré le sirop à ma fille de treize ans, depuis plus d'un an affligée de douleurs aiguës dans le bas-ventre, non loin de l'os du bassin, avec une fièvre continuelle, que les médecins tentaient de soigner en vain avec du quinquina et du valérianate. Elle était devenue non seulement un squelette, mais courbée en avant de sorte qu'elle pouvait à peine se déplacer, sortir du lit et faire quelques pas dans la chambre. Je voulais ainsi terminer le reste de votre sirop. Dès les trois premières cuillerées, une toutes les vingt-quatre heures, la fièvre, bien que vigoureuse, disparaît. La malade put quitter son lit et se rétablir à la fois de la douleur au ventre, qui diminua dans la proportion de trois à quatre, et de la douleur perpétuelle à la tête, qui la tenait dans le tourment et l'oppression.

Avec tout le respect que je vous dois,

Votre fidèle,

GIACINTO AZZOLINA. »[69]

Francesca Mauro et Giacomo Giangreco, Caltagirone, 1821.

Francesca et Giacomo se sont mariés à Caltagirone en 1821. Francesca a vingt ans. Giacomo, lui, est un jeune veuf de vingt-deux ans, sa première épouse s'appelait Vosolia Clementi, un drame dont je ne retrouve aucun témoignage.

Deux des témoins du mariage de Francesca et Giacomo sont des « Calsolajo » (cordonniers). Les Giangreco tiraient-ils leurs revenus d'une fabrique de chaussures ?

Francesca et Giacomo auront un enfant tardif. C'est à trente-cinq ans passés que Francesca mettra au monde son fils Salvatore. Elle mourra avant le mariage de celui-ci en 1875, où elle aurait eu soixante-quatorze ans.

Ils sont nés à Caltagirone, lui en 1836, elle en 1851, et s'y sont également mariés en 1875. Sur l'acte de naissance de Carolina comme sur celui de Salvatore, à la rubrique de la profession du père est mentionné « civile » (bourgeois).

Salvatore et Carolina grandissent dans une Sicile en pleine effervescence. En 1860, Garibaldi, à la tête d'un millier de volontaires, débarque en Sicile pour conquérir le Royaume des Deux-Siciles au Bourbons, dernière étape de l'unification de l'Italie, le Risorgimento. Son aventure est suivie et admirée par la gauche révolutionnaire européenne. L'aristocratie et la bourgeoisie siciliennes voient dans ces troubles une façon de rendre l'île plus indépendante, les paysans et ouvriers une amélioration de leurs conditions. Mais une fois l'unité réalisée, l'état central revient sur nombre de ses promesses, s'éloignant de l'esprit garibaldien. La crise économique qui s'ensuit provoque une famine, le brigandage redouble, insurrections et états de siège se succèdent. La conscription, inconnue jusque-là, entraîne des milliers de désertions.

Comment les familles Azzolina et Giancreco ont-elles traversé cette période ? Ils n'étaient pas des *guépards*, aristocrates du film de Visconti, mais des bourgeois. Étaient-ils garibaldiens ou nostalgiques des Bourbons, unionistes ou indépendantistes ?

Lorsque Carolina et Salvatore se marient en 1875, à Caltagirone, Salvatore est un médecin de trente-huit ans, orphelin de mère et Carolina une rentière de vingt-quatre ans. Pour quelles raisons, dans les années 1880, se sont-ils installés à Lampedusa, puis exilés en Tunisie ? Carolina a-t-elle conservé le bénéfice de sa rente, vraisemblablement des terres en fermage, ou bien le patrimoine familial a-t-il été perdu dans les troubles du Risorgimento ? Adelina, que j'imaginais jusqu'à ce jour née dans la misère sicilienne, enlevée à seize ans par l'ogre Adolphe qui en avait fait une demi-esclave, engrossée sans interruption jusqu'à ce que mort s'ensuive, s'est donc révélée fille de médecin et de rentière, probablement instruite au moment de son mariage, au moins maîtrisait-elle la lecture et l'écriture.

Rien ne laissait transparaître chez mon grand-père Alfred des origines aisées, ni dans sa façon de parler ou de raisonner, ni dans sa façon de s'habiller ou de se meubler, ni dans sa façon de manger, de marcher ou de se tenir. Je l'ai rarement vu lire autre chose que le journal. Bien que fonctionnaire la plus grande partie de sa vie, à la retraite il s'occupait de son jardin comme un paysan de son lopin de terre.

A-t-il connu sa grand-mère rentière, Carolina, ou son grand-père médecin, Salvatore ? Ce n'est pas impossible car s'ils étaient encore vivants, à sa naissance ils auraient eu soixante et soixante-quatorze ans. Je ne retrouve que des traces peu fiables en Tunisie. Il y a bien un Giangreco médecin à Sfax[70], mais il est mentionné avec l'initiale de prénom L qui ne correspond pas à Salvatore. Je ne les retrouve pas non plus dans les listes de décès.

Comment peut-on expliquer qu'on ne retrouvait ni chez mon grand-père ni chez ses frères et sœurs aucun des codes et comportements bourgeois auxquels on aurait pu s'attendre ? Peut-on en conclure que les « civile », pour être rentiers et sans métier identifié, donc présumés oisifs, n'en étaient pas pour autant instruits ? Je n'ai jamais entendu parler de terrains hérités de Sicile, ni même de nos origines siciliennes, pas plus que des livournaises.

Les « Français de Tunisie »

Dans les générations de mes grands-parents et arrière-grands-parents, nés Français ou naturalisés, on se pensait comme Français de Tunisie, sans même que ça fasse débat, au point qu'il ne me restait plus qu'une vague idée de nos origines. La mixtion des Italiens, des Maltais, et des Français d'origine, opérée en deux générations à la fin du XIXe siècle, a produit un mélange qui n'est plus ni italien ni maltais, mais franco-tunisien. Français par naturalisation et tunisien par imprégnation. Des branches italiennes de toutes régions, Navarro, Compiano, Ferri, Morganti, Azzolina, Giangreco, Rossi comme des maltaises Fabri, Bezzina, Mangion, il ne reste que peu de traces. Leur mémoire a été fondue dans le creuset tunisien et usinée par le protectorat français. Au-delà du français que l'on parle exclusivement, la langue des expressions réflexes comme les injures ou les interjections affectives, résurgences d'une culture enfouie, était l'arabe côté paternel, parfois l'italien côté maternel, jamais le maltais. Mes parents ont préféré que je choisisse l'espagnol plutôt que l'italien comme seconde langue vivante au lycée, l'espagnol étant « la plus parlée dans le monde après l'anglais » disaient-ils. L'Italie était un pays étranger comme les autres. L'indice d'italianité le plus probant dont je me souviens est la pile d'*Oggi* dans

Affiche de propagande pour la naturalisation des Italiens en Tunisie, dans Louis Cros, L'Algérie et la Tunisie pour tous, Paris, Albin Michel, 1921.

la chambre de ma grand-mère maternelle. Marguerite les planquait là comme s'il s'agissait de journaux interdits.

Aucune tradition des régions françaises d'origine, Aveyron, Normandie, Sarthe, Lorraine, excepté le Béarn, n'ont survécu non plus.

À partir des années 1920, la stratégie de la France est de faire émerger un peuple unique, celui des Français d'Afrique du Nord, pour qu'en une ou deux générations les velléités nationalistes soient éteintes et les cultures d'origine, et en premier lieu la langue, soient gommées ou passent au second plan, dans le domaine du folklorique[71]. Ils réussirent en grande partie leur entreprise, sauf pour les candidats musulmans à la naturalisation, que les nationalistes tunisiens firent menacer d'apostat par les autorités religieuses.

Les consuls étrangers, particulièrement les italiens, étaient aussi très réticents à ce que leurs ressortissants en fassent la demande. L'Italie, dont la colonie était supérieure en nombre à celle des Français, n'a jamais perdu ses prétentions sur la Tunisie. En 1901, seuls soixante-quatre Italiens sont naturalisés pour toute la Tunisie[72]. Ensuite, il n'y eut que quelques dizaines de naturalisations par an jusqu'au décret du 8 novembre 1921 qui en facilita l'accès.

Ma famille, elle, avait devancé ce projet français dès le tournant du XXe siècle.

Judith Compiano et Victor Morganti, Tunis, 1910.

Judith est la discrète arrière-grand-mère que j'ai connue, veuve mutique dans l'appartement de Montpellier, au regard doux et absent, indifférente aux disputes familiales, arpenteuse insomniaque obsédée par la bonne fermeture des brûleurs de la cuisinière à gaz.

Victor, mort avant ma naissance et avant l'indépendance de la Tunisie, est un mythe construit par ma mère, dont j'avais gardé l'image d'un poète érudit, italophile et charismatique, doté d'une grande sagesse. À l'appui de l'éloge, un unique cliché sépia où le grand-père paraît d'autant plus grand qu'il se penche avec bienveillance sur une fillette de quatre ans au visage poupin, ma mère. La photo est prise sur le balcon de la villa des *Songes bleus*, du même nom que le recueil de poésie dont il était l'auteur. En fond, à peine visible, un coin de jardin pittoresque imprègne la scène d'une douceur de vivre exotique, typique de l'imaginaire colonial.

J'ai retrouvé la trace de Victor dans deux entrefilets de la Revue d'études italiennes, édition de 1935 :

« Sous les auspices de la Société Dante Alighieri et de l'Union intellectuelle franco-italienne, M. V. M.[c'est lui], professeur au Collège de Sousse, organisait le 4 mai dans la ville tunisienne une soirée littéraire et musicale, où il fit lui-même [illisible] *il dolore nella lirica Leopardiana*. »

Puis, dans l'édition de 1936 :

« Poursuivant son action en faveur de la diffusion de la langue et des lettres italiennes, M. V. M., professeur au Collège de Sousse, a placé sous les auspices de l'Union intellectuelle franco-italienne deux soirées données au casino municipal de l'antique cité… »

Dans ces années 1935-36, Mussolini lorgnait sur la Tunisie au prétexte que les Italiens y étaient mal traités. Quelques années plus tôt, le consul de Sousse, qui portait le même nom de Morganti, avait été un fasciste assumé et virulent. Enfin, l'Italie s'apprêtait à commémorer, en 1937, le centenaire de la mort du poète Leopardi.

Dans ce contexte tendu, mon aïeul avait ainsi disserté sur « la douleur dans les paroles de Leopardi (*il dolore nella lirica Leopardiana*) », au nom de l'Union intellectuelle franco-italienne.

À notre époque, un professeur poète engagé dans une association qui organise des soirées littéraires aurait peu de chance d'être fasciste. Qu'en était-il de Victor ?

Mes recherches et le témoignage de deux autres de ses petites-filles m'ont rassuré et révélé un personnage bien plus intéressant que le mythe de ma mère. En réaction inconsciente à tout ce qu'on me racontait de *là-bas*, j'avais depuis l'adolescence de gros doutes sur l'aura du patriarche. J'imaginais un italophile fascisant, admirateur de Mussolini et revendicatif de l'italianité de la Tunisie, ce qu'il n'était pas du tout, et même l'opposé. J'ai appris que, de rage contre le Duce, il avait piétiné et brûlé son uniforme de bersaglier, que jeune soldat il avait porté. La première partie de sa vie – son enfance en Italie, son arrivée en Afrique du Nord – était largement inconnue de ma mère. La seconde partie, après son mariage, présentait des zones d'ombre, protégées de la lumière par le tabou familial.

Les quelques bribes de souvenirs qui m'ont été rapportées, combinées aux documents trouvés sur Internet, en particulier son livret militaire[73], ont éclairci son histoire.

Avant ses vingt-deux ans, c'est encore l'inconnu. Il est né en 1880 à Castel di Sangro, dans les Abruzzes. Son père est militaire et président de la société de tir locale. De l'adolescence de Victor, la légende a retenu qu'il y chassait les loups. Il est étudiant lorsque, en 1902, pour une raison non élucidée, il fuit l'Italie pour s'engager dans la Légion étrangère, à Grenoble. Il est envoyé à la campagne d'Algérie, c'est donc en soldat qu'il met le pied pour la première fois sur la terre d'Afrique.

La conquête de l'Algérie s'est officiellement achevée en 1902, soixante-douze ans après son commencement, mais au-delà de la zone côtière les positions restent fragiles. Le 1er régiment étranger auquel appartient Victor participe aux opérations de « pacification » dont on sait ce qu'elles peuvent entraîner comme exactions.

En 1905, dès que cela a été possible grâce à ces trois années déjà passées dans la Légion, Victor est naturalisé Français[74]. Sa cinquième et dernière année d'active, il la fera au sein du 4e régiment des tirailleurs algériens, qui correspond au 1er régiment des tirailleurs tunisiens. Une des casernes du régiment est située à La Goulette, ville des Compiano. Y croise-t-il pour la première fois la famille de sa future femme ?

Il passe réserviste en 1907. Après quelques mois à Tunis, il retourne pour une année en Italie, à Tarente dans les Pouilles, talon de la botte. Ce séjour est un mystère, loin des Abruzzes où il a grandi et de la Toscane d'où son père est originaire. Une hypothèse rapportée est qu'il y a terminé ses études et obtenu sa licence de français, mais c'est peu probable car il n'y a pas d'université à Tarente.

À son retour en Tunisie, la rumeur familiale rapporte que, fiancé à l'aînée des Compiano, Erménégilda, Victor a eu une liaison avec la benjamine, Judith, qui n'avait que dix-huit ans. Judith est tombée enceinte et ils se sont vus obligés de se marier. L'enfant, ma grand-mère Marguerite, naîtra sept mois seulement après leur mariage, ce qui donne du crédit à la rumeur sans la confirmer de façon certaine.

Victor et Judith ont-ils vécu une histoire d'amour ?

Après la naissance de Marguerite, les premières années sont difficiles. Victor est employé de commerce. En 1912, il est condamné à deux ans de prison avec sursis et quatre cents francs de dommages et intérêts – environ deux mois de salaire moyen – pour abus de confiance envers l'État. Il est dégradé, de caporal et redevient un simple soldat de seconde classe.

Mobilisé en 1914, il ne sera pas envoyé au front en raison d'un glaucome chronique. Si on ajoute le trachome, la myopie et l'astigmatisme, plus sa taille de 1 m 67, son grand nez et son petit menton qui sont également mentionnés sur son carnet militaire, l'image du grand *professore* entretenue par ma mère et la photo du balcon des *Songes Bleus* s'est transformée. Victor a perdu de son panache et de son arrogance, mais il m'est plus sympathique.

Il est affecté aux services auxiliaires, à Sousse. À la fin de la guerre, il se réengage par périodes de six mois jusqu'en 1929. Nommé sergent-major infirmier dans les premiers temps – compétence que je lui découvre – il finit adjudant au service d'intendance. Sa condamnation et sa dégradation sont oubliées.

Sans doute la famille avait-elle à cette période d'autres revenus que la solde militaire de Victor. Je ne l'ai repéré comme professeur au collège de Sousse qu'à partir de 1933, mais il est probable qu'avant cette date il enseignait déjà. Après ma grand-mère, trois autres filles naissent, Francette en 1915, Odette en 1918, et Suzanne en 1921. Mais un drame touche la famille en 1926, Francette meurt de la « maladie bleue [75]».

Dans les années 1930, Victor anime le comité local de l'Union Intellectuelle Franco-Italienne[76], dont le but est de faire connaître et enseigner la culture italienne en France. Il organise à ce titre des soirées au casino municipal de Sousse[77]. Une autre rumeur familiale affirme qu'André Gide, dont on connaît les nombreux séjours en Tunisie et l'amour du pays, s'y serait rendu. Jean Amrouche, écrivain et journaliste, avec lequel Gide a entretenu une longue correspondance, fréquentait le cercle de Victor, ce qui rend la rumeur crédible.

Pendant la guerre, Victor s'installe, sans Judith, en Algérie. Son exil de Tunisie est-il lié à l'occupation du protectorat par les forces germano-italiennes, en novembre 1942 ? Lui a fait depuis toujours le choix de la France mais une partie de la communauté italienne, mobilisée par la propagande fasciste, prend parti pour l'occupant[78]. Son engagement culturel dans l'Union franco-italienne a pu le mettre dans une position délicate. En ce même mois de novembre 1942, à l'inverse, les Alliés débarquent au Maroc et en Algérie. Associés à la Résistance française, ils prennent, en une journée, Alger aux troupes vichystes.

Des enfants de troupe saluent lors du rapport matinal dans la cour de Ecole militaire d'Hammam-Righa. (Photo : ECPA)

Victor, alors âgé de soixante-deux ans, enseigne à l'école militaire préparatoire d'Hammam-Righa, où il instruit des futurs soldats de la sixième à la troisième. Cette école ne fonctionna que de 1942 à 1946, puis fut transférée par sécurité dans des zones moins isolées. En 1945, la tension est montée en Algérie entre le pouvoir colonial et les nationalistes. En mai, une manifestation dégénère à Sétif, dont la répression fera des milliers de morts.

À cette même époque, Victor publie un fascicule, *L'italien au Bac*[79], dont on retrouve des publicités dans les journaux[80].

Il ne retournera pas auprès de Judith, à Sousse. Il mourra en 1955 dans les bras de sa maîtresse. Pour sauver les apparences, on le transporte chez sa fille Odette, qui comme lui habitait Alger avec sa famille, avant d'annoncer sa mort. Judith, qui lui survécut plus de vingt ans, n'évoqua jamais devant moi tous les tumultes de sa vie. Ma grand-mère et ses sœurs non plus. Mais j'ai désormais une idée plus précise des pensées qui pouvaient occuper ses insomnies et des grommellements qui accompagnaient ses vérifications du gaz.

Marie Lelorieux et Charles Dormoy, Sousse, 1907.

Voilà celle dont le souvenir est celui d'une frayeur d'enfant. Mon arrière-grand-mère Marie Lelorieux, qu'on appelait « bonne maman » avec une intonation qui donnait froid dans le dos. Elle avait perdu la tête et s'accrochait comme à un dernier souffle de vie à la rampe du couloir de l'hôpital psychiatrique de Lavaur. Des allers-retours tout au long de la journée, comme si s'arrêter c'était mourir.

Les turbulences de sa vie, que l'on avait pris soin de me cacher, me la rendent aujourd'hui, si ce n'est sympathique, au moins plus humaine.

À l'adolescence, elle perd coup sur coup son petit frère, puis son père. Sa mère Éloïse se remarie rapidement avec Henri Deltel, dit Maybe Deltel, un surnom qui n'inspire pas confiance.

Treize ans après son mariage avec Charles Dormoy, c'est elle qui se retrouve veuve, comme sa mère. Charles est mort à trente-sept ans d'une tuberculose qu'il traînait depuis de longues années. Son livret militaire apprend l'essentiel à ce sujet. La période entre la guerre contre les Prussiens et la Grande guerre, où la France amputée de l'Alsace et une partie de la Lorraine a soif de vengeance et de reconquête, est un temps béni pour les historiens et les généalogistes. Chaque homme jeune était un combattant potentiel et ses états de service ainsi que ses problèmes de santé étaient consciencieusement consignés dans son carnet. Charles est ajusteur mécanicien, métier qu'il exerce à la Compagnie des chemins de fer Bône-Guelma, où son père est inspecteur des travaux. La compagnie est chargée de développer le réseau tunisien depuis la frontière algérienne. Charles est donc un ouvrier fils de colon. Il s'engage dans l'armée en 1904 mais il effectue ses classes à la Bône-Guelma sous le statut de classé non affecté. Il en termine en 1909, avec un certificat de bonne conduite, et est reversé au corps des réservistes. En 1914 il est rappelé dans l'active pour la guerre mondiale. En 1916, il est déclaré réformé temporaire pour une « bronchite suspecte », une maladie « antérieure à l'incorporation » précise l'armée qui semble ainsi en dénier toute responsabilité. De commission en commission, il sera maintenu réformé temporaire pour « induration du sommet droit », et définitivement en 1919 pour « tuberculose pulmonaire bilatérale », et proposé pour une pension à quatre-vingt-dix pour cent. Rien n'indique qu'il l'ait obtenue avant sa mort en 1920. Pourtant, de 1914 à 1916, avant de tomber malade, il était sur le front. En 1922, il a toutefois été reconnu comme étant mort des suites de la guerre. Son fils, mon grand-père Roger, a ainsi obtenu le statut de pupille de la Nation.

Roves, Henri – vers 1910
ANOM Images (culture.gouv.fr)

Durant les treize années de mariage avec Charles, à partir de 1907, Marie a donné naissance à trois garçons en quatre ans. Elle s'est ainsi retrouvée veuve à trente-six ans avec trois enfants en bas âge. L'aîné, mon grand-père Roger, n'avait pas douze ans.

Marie se remarie en 1923 avec un Italien, Umberto Bianchi, ce qui lui fait perdre sa nationalité française. La même année, elle met au monde un nouveau fils, Antoine. En 1936, elle redevient Française à la suite de sa séparation d'avec Umberto.

Le déroulé d'une vie qui endurcit, affranchit d'être sympathique avec sa belle-fille et se termine épuisée à arpenter les couloirs de l'hôpital psychiatrique de Lavaur. Comment pouvait-elle terminer autrement ? Je ne sais rien de son existence après la séparation. D'ailleurs je ne connaissais pas cet événement. Son dernier fils Antoine, fils d'Umberto et demi-frère de mon grand-père, gérait ses affaires, il me semble. S'était-elle éloignée de ses premiers fils, après son remariage ? Ils étaient pourtant très proches de leur demi-frère Antoine. Celui-ci aimait raconter que les quatre frères, tous très costauds, impressionnaient dans Sousse quand ils se déplaçaient ensemble, le plus souvent dans une traction avant, comme le gang du même nom. Cela ne correspondait pas à l'image de mon grand-père qui, pour être ventru plus que costaud, irascible mais non violent, était surtout un grand émotif, et avait souvent la larme à l'œil.

Charles, cet arrière-grand-père qui m'était jusqu'alors inconnu, a ressurgi en 2018 dans un courrier reçu par ma mère et sa sœur. L'État tunisien mettait de l'ordre dans les titres fonciers des biens abandonnés par les Français et occupés depuis l'indépendance par des Tunisiens. On leur proposait 400 000 dinars pour une maison sur une parcelle de huit-cents mètres carrés à Moknine, dont d'après la lettre elles étaient les héritières.

À la mort de mon grand-père Roger, en 1978, cette maison n'a pas été évoquée. Sans doute lui-même la pensait-il perdue à jamais. L'offre, transmise par une « société de recherches et conseils en biens étrangers » qui avait trouvé là un juteux business, émanait d'un « huissier de justice à la retraite ».

Le document nous apprend que le bien avait été acquis en 1910, donc par Charles et Marie, peu après leur mariage et la naissance de mon grand-père. Il stipule également que Roger l'avait hypothéquée deux fois, en 1949 et 1950. Comment en était-il devenu le seul héritier alors que sa mère et ses frères étaient encore vivants ? Charles avait-il laissé un testament en ce sens ?

Son demi-frère Antoine évoquait souvent Moknine, mais sans souvenir précis, avec toujours ce même hochement de tête qui en disait long et ne dévoilait rien.

Finalement, la vente par ma mère et ma tante ne s'est pas faite. Les occupants, qui sans doute n'auraient pas pu s'aligner sur une telle offre, ont pu continuer à y habiter. L'acheteur, ancien huissier, n'aurait eu aucun mal à les faire expulser.

Adelina Giangreco et Adolfo Mangion, Sfax, 1892.

Les dossiers de naturalisation d'Adelina et Adolfo[81] incluent les actes de naissance et de mariage de leurs parents, traduits en français. Les mentions ajoutées aux copies des documents laissent imaginer la difficulté de les obtenir. Le mariage des parents d'Adelina, Carolina Azzolina et Salvatore Giangreco, date de 1875. La copie de l'acte, demandée par Adelina pour son dossier, est certifiée conforme par la mairie de Caltagirone en novembre 1897, mais elle n'est traduite en français qu'en juillet 1898 par un interprète judiciaire de Sfax, qualifié de « ad hoc vu l'urgence ». La signature de cet interprète est légalisée seulement trois ans plus tard, en juin 1901, par le vice-consul de France à Sfax, dernier obstacle levé avant la naturalisation qui intervient en juillet, enfin !

Ainsi, au Journal officiel du 16 juillet 1901 apparaissent comme étant devenus Français : Adolphe Mangion, né à Sfax de parents anglo-maltais ; Adeline Giangreco sa femme, née à Caltagirone (Sicile) et trois de leurs premiers enfants, Charles, Sauveur et Édouard. Il manque un Ferdinand né en 1898 d'après Généanet. Sans doute est-il mort prématurément. Après 1901, les douze suivants – et peut-être plus car je n'ai pas le décompte exact – naîtront Français avec des prénoms français, dont Alfred, mon grand-père, en queue de peloton en 1911.

Quelle est donc l'urgence qui, en 1898, poussa Adelina à faire appel à un traducteur, nommé Collin, qui n'était pas celui habituellement sollicité, et dont la signature a nécessité d'être légalisée *a posteriori*, en 1901, pour débloquer la naturalisation ? S'il s'agissait déjà de constituer ce dossier, l'attente a duré encore trois ans pour Adelina ! Malgré tout, la famille Mangion reste parmi les premières naturalisées.

Je tiens de mon arrière-grand-mère paternelle, Adelina Giangreco, un 1/8 de sang sicilien, la proportion pour une bouteille d'un ballon de Nero d'Avola. Adelina a émigré en Tunisie avant ses seize ans, l'âge auquel elle s'est mariée à Sfax avec Adolfo. Elle accouchera du premier de ses seize enfants à dix-huit ans et du dernier à quarante-quatre, à la suite duquel est morte. J'avais imaginé que, comme la grande majorité des migrants siciliens, ses parents avaient fui la pauvreté. L'émigration sicilienne était massive à cette époque. La démographie croissait fortement dans l'île, et il n'y avait plus de travail pour tout le monde. La région restait sous-industrialisée par rapport à l'Italie du nord et le secteur agricole, aux mains de grands propriétaires, ne pouvait absorber seule cette surpopulation. De huit mille Italiens en 1870, la colonie italienne de Tunisie, essentiellement sicilienne, en comptait dix fois plus au début du XXe siècle.

Mais à ma grande surprise, je découvre que Salvatore Giangreco, le père d'Adelina, est médecin. Qu'est-ce qui aurait poussé un médecin sicilien à quitter son pays pour Sfax à la fin du XIXe siècle ? Le chemin de Caltagirone à Sfax est peut-être passé par les îles de l'archipel des Pélagie, Lampedusa et Linosa. En 1888, un vulcanologue raconte, au détour d'un article scientifique, qu'un Salvatore Giangreco était médecin à Linosa[82]. Les Pélagie sont les îles italiennes les plus proches de la Tunisie. De nos jours, l'archipel est tristement célèbre pour y voir des migrants mourir en tentant de l'atteindre sur des embarcations de fortune, souvent au départ de Sfax.

Grâce à son décret de naturalisation, nous savons qu'en 1901 Adolfo était employé à la Compagnie de navigation mixte, qui sillonnait la Méditerranée de Port-Vendres à Tripoli. L'était-il déjà au début des années 1890, date à laquelle il a rencontré Adelina ? On peut imaginer le matelot de vingt-deux ans faire la cour à la jeune fille de seize ans sur le pont du paquebot *Rhône,* entre Palerme et Lampedusa, terminus Sfax. Mais la réalité a des chances d'être plus tragique, celle d'un Adolfo qui *déshonore* l'adolescente et que leurs familles obligent au mariage.

Sur l'acte de mariage d'Adelina et Adolfo établi par le curé de Sfax, « archidiacre de Ruspe[83] », et certifié par l'administration coloniale, deux des trois témoins sont des notables locaux, le contrôleur civil Jérôme Fidelle et le conseiller municipal Ferdinand Avvocato. Jérôme Fidelle, Francaoui arrivé depuis peu en Tunisie, n'est pas un proche de la famille, mais un représentant obligatoire de la régence française, dont la signature apposée sur l'acte du diocèse authentifie civilement le mariage religieux. Ce même Jérôme Fidelle a authentifié la signature du traducteur des dossiers de naturalisation, mais sous le titre – obsolète sous le protectorat – de vice-consul de France à Sfax. Une bizarrerie ou un lapsus lié à l'amour des titres, comme celui de l'archidiacre de Ruspe. Ferdinand Avvocato est le fils du réfugié carbonariste Angelo Avvocato. La proximité des Avvocato avec les Mangion semble accréditer la thèse qu'Angelo avait accueilli les grands-parents

maternels d'Adolfo, les mazzinistes Lorenzo et Orsola Rossi. Mais il n'y a aucune certitude, Ferdinand Avvocato peut tout aussi bien être un témoin de circonstance représentant la municipalité, au même titre que Jérôme Fidelle la régence.

Comme les Maltais, les Siciliens sont déconsidérés par les autres Européens, y compris et surtout par les Italiens du nord. « Hirsutes et presque nègres » ; « On ne s'est jamais soucié de les affiner, de les raboter […] on les a laissés grandir bruts et incultes », c'est ainsi qu'en parle le vice-consul italien Carletti en 1906[84].

La famille que fondent Adelina et Adolfo a, sous certains aspects, les qualités pour répondre à ces clichés racistes. Des Malto-Siciliens mariés très jeunes avec au moins seize enfants à leur actif. Mais le tableau est trompeur. Le père d'Adelina est médecin et sa mère Carolina rentière. La mère d'Adolfo, Filomena, est Livournaise, peut-être issue d'une famille d'exilés politiques.

Comment une jeune fille peut-elle se marier à seize ans, si ce n'est sous la contrainte ou la pression familiale ? Pour Orsola Bezzina, la grand-mère d'Adolfo, j'ai supposé que son mariage forcé à quatorze ans avait sorti ses parents de l'infortune. Pour Adelina, j'ai supposé qu'il s'agissait de laver son honneur. Reste la question de son consentement, dont je ne trouverai jamais la réponse ni dans les archives ni dans la mémoire familiale.

Il fallut attendre les années 1960 pour voir la sicilienne Franca Viola, quinze ans, refuser publiquement le *matrimonio riparatore*, le « mariage réparateur » avec celui qui l'avait violée. Son histoire est racontée dans le très bon film de Damiano Damiani, *La moglie più bella*, où Franca est superbement incarnée par Ornella Muti.

Je n'écarte pas la possibilité qu'Adelina n'ait été forcée en rien. À seize ans, elle a pu être amoureuse d'Adolfo au point de n'envisager sa vie qu'auprès de lui et de ne rêver comme seul destin celui de mettre au monde le plus grand nombre d'enfants.

Mon grand-père Alfred ne m'a pas aidé à lever les doutes. Il n'avait qu'une dizaine d'années lorsque sa mère est morte. Il n'en parlait pas mais évoquait plus facilement sa fratrie. Il faisait la distinction entre deux groupes parmi les seize : les « grands » nés plus de quinze ans avant lui et qui, à la mort d'Adelina, avaient autorité sur la tribu, et les « petits » dont il faisait partie. Il n'évoquait que très rarement la seconde femme de son père qui pourtant l'a élevé à partir de ses dix ans. Il disait

« la marâtre », je ne l'ai jamais entendu prononcer ni son prénom, Concetta, ni son nom, Barberis.

Laurence Dachary et Alfred Mangion, Oloron-Sainte-Marie, 1931.

Au XXe siècle, la mixtion des origines s'est accentuée par l'union des Italo-Maltais avec des Français de France, des Francaouis. Laurence Dachary, que mon grand-père n'appelait que Lolo et moi Mémé d'Oloron est la plus proche de mes ancêtres à être née sur le territoire français, à Sauveterre-de-Béarn. Avec Alfred ils se sont mariés en 1931 et la façon dont ils se sont rencontrés est une légende familiale. Alfred, alors âgé de dix-neuf ans, arpentait à cheval, en compagnie de son père, des terrains aux abords d'Oloron, dans le but d'acheter et d'exploiter une ferme. Alfred chuta de son cheval blanc et Laurence, qui assistait à la scène, le secourut. Ils tombèrent amoureux et ne se quittèrent plus. Ils se marièrent à Oloron et retournèrent à Sfax où elle poursuivit sa carrière d'institutrice jusqu'à l'indépendance de la Tunisie. Ils finirent leur vie à Oloron. Mon grand-père, à la mort de Laurence, quitta Oloron pour s'installer dans le sud-est de la France. Voilà pour l'histoire transmise, restent les interrogations. Comment Adolphe, qu'on a quitté en 1901 employé à la Compagnie de navigation mixte, a-t-il pu économiser assez d'argent pour organiser une telle expédition et envisager l'achat d'une ferme ? Qu'est-ce qui le reliait au Béarn ?

Une histoire qui revenait dans les discussions familiales disait qu'Adolphe avait été propriétaire ou gérant du café de la Régence à Sfax où il avait employé jusqu'à sept de ses fils, dont Alfred. Avait-il quitté son emploi à la Compagnie de navigation mixte pour se lancer dans cette entreprise ? Y a-t-il amassé assez d'argent pour se lancer dans ce projet agricole dans le Béarn ? J'ai le souvenir qu'on disait de lui que, n'ayant vécu que sur des terres arides, il fantasmait sur la qualité de celles du Béarn, grasse et productive, d'où la raison de son choix. On en faisait un personnage légendaire et fantasque. Mais d'où venait cette envie de propriétaire terrien à l'agent portuaire ? Là est peut-être le lien avec ses grands-parents siciliens. Voulait-il retrouver leur statut de « bourgeois » dans la campagne béarnaise ? Finalement le projet ne s'est pas réalisé. Sans doute les paysans du coin n'ont-ils pas été très ouverts à céder leur terre à ces inconnus venus du sud.

Mise à part leur rencontre romanesque, je ne savais rien des premiers mois de Laurence et Alfred, jusqu'à leur mariage. Adolphe et le clan Mangion s'étaient-ils installés à l'hôtel des Postes d'Oloron, comme des aristocrates anglais à l'hôtel des Bains de Venise, ou sont-ils rentrés en Tunisie entre-temps ?

Sfax, rue Emile Loubet – Gadmer, frédéric, 1931 – Musée Albert Kahn (92)

L'acte de mariage de Laurence et Alfred apporte un nouvel éclairage. Le témoin d'Alfred est son grand frère Édouard, de douze ans son aîné, dont on apprend qu'il est ingénieur agronome à Lucq-de-Béarn, commune des environs d'Oloron. Voilà l'explication de l'intérêt de la famille pour le Béarn. J'imagine Édouard, nommé dans la région, en vanter la fertilité de la terre auprès de son père. Alfred, quant à lui, est mentionné dans l'acte comme employé de banque. Le témoin de Laurence est son beau-frère Robert Mirebeau, Mimi le gentil Normand, ingénieur des ponts et chaussées, que j'ai connu au *terrain*. Pourquoi le témoin n'est-il pas de la fratrie de Laurence ? Étaient-ils hostiles à ce mariage ?

Laurence est domiciliée chez ses parents, place Saint-Pierre. C'est dans la partie haute de la ville, emplacement de l'église du même nom, où trente ans plus tard je serais baptisé.

Je retrouve la trace de Laurence et Alfred à Sfax en 1933, à la naissance de mon père. Ils sont toujours institutrice et employé de banque. Ils habitent dans le quartier européen, rue Émile Loubet, maison Gauci, et non pas à la cité Mangion. En 1934, Alfred est commis principal à la municipalité de Sfax. Un dossier médical à son nom, indiquant ce métier et couvrant les années 1934-1950, est référencé dans les archives tunisiennes, mais n'est pas numérisé.

Je ne trouve pas de mention de ma grand-mère Laurence. Sans doute quelques vieilles dames ou vieux messieurs ont-ils évoqué leur institutrice sur les réseaux, avec nostalgie ou terreur, mais les échanges ne sont pas indexés.

Sur la période de la Seconde Guerre mondiale à l'indépendance de la Tunisie, mon imaginaire s'est construit sur le récit familial, avec tous les biais dont j'ai parlé, plus la visite rapide des lieux lors du voyage initiatique en 1980. À Sfax, j'ai pu croiser quelques témoins directs, extérieurs à l'univers familial, qui évoquaient ma grand-mère comme une figure tutélaire du quartier où elle enseignait. Des souvenirs de mon père, qui avait été son élève, je n'avais retenu que l'histoire des coups de règle sur les doigts des enfants retors, parce qu'elle contrastait avec l'affection et la bienveillance que ma grand-mère me portait, ainsi qu'avec l'admiration d'anciens élèves d'Oloron, ceux des années 1960, dont les enfants ou petits frères étaient de mes amis de vacances.

Marguerite Morganti et Roger Dormoy, Sousse, 1932.

Mes grands-parents maternels Marguerite et Roger sont ceux que j'ai connus le mieux car ils ont habité dans le même quartier que mes parents, à Nice. Enfant, j'ai souvent dormi chez eux, et adulte – mes parents avaient alors quitté Nice – je rendais régulièrement visite à ma grand-mère devenue veuve.

Je n'avais retenu que les grands traits de leur vie en Tunisie, entre leur mariage en 1932 et leur rapatriement en France, à Toulouse, dont je ne connais pas l'année exacte, sans doute en 1956 ou 57.

Je n'ai pas non plus interrogé les souvenirs de ma mère avant ma rupture avec la famille. Depuis, elle est morte. Quand mon père la suivra, je devrai trier les documents et les photos restés chez eux et peut-être m'en apprendront-ils plus.

Il y a quelques années, Odile, la sœur de ma mère, est entrée en maison de retraite. Lorsque, avec Raphaël mon cousin, nous avons fait du rangement dans son appartement, nous avons trouvé des films 16 mm ayant appartenu à leur frère Charles, mort du sida en 1986. L'un d'eux contient une séquence de quelques minutes de Marguerite et Roger, tournée en 1962. Ils avaient la cinquantaine mais leur gaîté, leurs gestes amoureux, leurs visages, étaient encore ceux d'un jeune couple que je ne connaissais pas. Cette image s'est substituée à celles de leur couple âgé, plus tendu, de mon grand-père mourant sur son lit d'hôpital, défiguré par un AVC, de ma grand-mère vieillissante, s'enfonçant dans une tristesse mutique. Lorsque je les imagine en Tunisie, c'est dans leur peau du film 16 mm que je les vois se mouvoir dans les rues de Sousse ou de Sfax.

Les quelques documents retrouvés sur Internet ou les actes d'état civil récupérés à la prélature de Tunis et au ministère des Affaires étrangères précisent, sans s'en éloigner, les quelques faits que j'avais retenus du roman familial.

Au jour de leur mariage, le 14 janvier 1932, elle a vingt-et-un ans, lui vingt-trois. Il est commis au tribunal de Sousse, elle est sans profession. Marguerite n'avait pas son bac. Pour Roger je ne sais pas, mais son emploi de commis suggère qu'il ne l'avait pas non plus. Il n'était ni technicien ou ingénieur, ni meneur d'hommes comme son père ou ses grands-pères. Il n'a d'ailleurs pas connu ses grands-pères et son père est mort alors qu'il n'avait que douze ans. Ils n'ont pas été ses modèles masculins et je ne sais rien de ses rapports avec Umberto Bianchi, le second mari de sa mère. Roger avait alors deux petits frères et bientôt un troisième, issu du second mariage. Il est possible que ces événements aient perturbé sa scolarité.

En 1935 et 1936, Roger était correspondant judiciaire à Sousse de l'*Écho d'Alger*. J'ai retrouvé quatre de ses articles, écrits d'une belle plume et, détail émouvant, illustré de ses propres photos[85]. L'un d'entre eux narre dans les détails un procès retentissant. Le lieutenant Cabanes a tué d'une balle de revolver son supérieur, le colonel Caillon, au cours une excursion privée dans le sud Tunisien. Là s'est joué un scénario digne d'une tragédie antique ou d'un vaudeville selon le point de vue. Le ton de l'article de Roger trouve un équilibre entre les deux. Cabanes et Caillon, malgré la présence de leurs femmes, convoitent tous les deux la belle madame Perrin, dont le mari est qualifié par la défense de « cocu magnifique ». On apprend dans les plaidoiries que Caillon comme Cabanes étaient des « coureurs de cotillons », également que Mme Caillon avait été la maîtresse de Cabanes. La défense qualifie Mme Caillon et Mme Perrin, absentes au procès, du charmant nom de « grues ». Une belle ambiance règne ainsi dans ce procès que Roger narre d'un ton sobre et neutre, qui révèle d'autant le piquant de l'histoire. Au cours de l'excursion, à chaque étape les altercations se multiplient entre les deux rivaux, par ailleurs deux héros de l'armée coloniale, jusqu'au soir où Cabanes entend des cris dans la chambre de Mme Perrin. Cabanes accourt, ressort furieux, accusant Caillon d'avoir failli à l'honneur de la dame. Il va chercher son pistolet au garage puis revient pour abattre le colonel.

En 1938, Roger écrit deux papiers dans les pages cinéma du journal *le Jour*[86]. L'un d'eux porte sur le tournage en Tunisie d'un film égyptien, *El Thaouba*, de Moussa El Sedfri. L'article promeut le cinéma en langue arabe, porté par de la musique Malouf pour attirer les spectateurs « Orientaux ». La lecture de ce texte adoucit l'image d'un grand-père réactionnaire, « Algérie française » bien que sans la hargne répandue chez de nombreux pieds-noirs. Ce texte n'aurait pas déplu à Louise Michel. Mais ces idées bienveillantes pour les indigènes, qui passaient pour de l'anticolonialisme à l'époque de Louise, ne tenaient plus quarante plus tard.

Le retour d'expérience

À pôles inversés

Les chemins de Sfax que mes ancêtres européens ont suivis sont ceux qu'empruntent aujourd'hui, en sens inverse, les migrants africains. Lampedusa, Sicile, Sardaigne, Abruzzes, Toscane, Ligurie…

À part deux, ils n'étaient pas Français et avaient quitté leur pays pour échapper à la misère, aux guerres ou à l'oppression. Ils sont arrivés en Tunisie avant sa colonisation par les Français. Comme Européens et chrétiens, ils ont été avantagés dans l'intention de former le peuple des « Africains d'ascendance européenne » qui submergerait les indigènes musulmans. Naturalisés par vagues, puis rapatriés en France après l'indépendance, ils sont devenus naturellement des « Français d'Afrique du Nord » oubliant leurs origines européennes.

Pourquoi aujourd'hui n'appelle-t-on pas « Français d'ascendance africaine » les enfants ou petits-enfants d'immigrés Africains ? Non, ceux-là restent marqués comme « immigrés de deuxième ou troisième génération ». Je n'ai jamais entendu dire que mon père ou ma mère étaient des immigrés de la seconde génération, pourtant ils étaient de grands-parents étrangers. Quant à ceux qu'on nomme « primo-arrivants », comme on dirait primo-infection, on leur oppose droit du sang, on leur impose reconnaissance faciale, test osseux et OQTF, tout en sachant qu'ils sont indispensables à notre économie et nos services publics.

Nos noms, notre mémoire

Je connais aujourd'hui toutes les origines de ma famille, dont j'ignorais l'essentiel il y a encore quelques mois. C'est l'histoire de leurs communautés qui m'intéressait, mais au fil de mes recherches je me suis attaché à imaginer leur vie, à partir des quelques bribes mentionnées sur leurs actes d'état civil et de l'histoire des lieux à l'époque où ils y ont vécu. Certains m'ont ému plus que d'autres et je suis heureux d'avoir pu leur redonner une identité. Il me plaît aussi de simplement prononcer leurs noms à haute voix :

« *Adelina Giangreco*, fille de bourgeois Siciliens depuis cinq générations, qui, exilée à Sfax, y mourut épuisée, au bout de sa vingtième grossesse.

Giulia Fanucchi, ouvrière livournaise, qui mourut dans la misère à quarante ans.

Orsola Bezzina, la Maltaise née en Corse, donnée en mariage à quatorze ans à un Tripolitain veuf de fraîche date, pour s'occuper de ses trois enfants en bas âge.

Adèle Gareau, orpheline d'un limonadier manceau, qui, cornaquée par un riche bourgeois, épouse un industriel parisien en devenir.

Loreta di Julio, la fileuse des Abruzzes, qui épouse Valerio le berger des contreforts du Gran Sasso.

Maddalena Compiano, Sarde d'origine tabarquine, enlevée à Carloforte par des pirates tunisiens, vendue comme esclave à Tunis.

Maria Antonia Sicilia Navarro, dernière des Marranes, analphabète, mère de quatre enfants naturels d'un Carlofortin encore marié, à qui elle en donnera cinq autres légitimes après qu'il fut veuf. »

Sait-on tout ce qu'on perd lorsque son nom est effacé ? Si l'on hérite du nom de son père uniquement, deux générations suffiront à oublier celui de sa mère. Combien connaissent sans les rechercher les noms de naissance de leurs arrière-grand-mères maternelles. Les noms transmis par les hommes finissent par tout recouvrir.

On dit de moi que je ressemble aux Mangion, mais que j'ai plutôt le caractère des Dormoy, comme s'il s'agissait de deux clans centenaires, tels les Montaigu et les Capulet de *Romeo et Juliette*. Or je ne suis pas plus Mangion et Dormoy que Giangreco, Fanucchi, Bezzina, Gareau, Compiano, Navarro et tant d'autres.

Cela n'aurait aucune importance si notre nom était neutre, comme un numéro. Mais il porte une histoire, renvoie à une région, une condition, souvent un métier. Or, notre nom ne représente plus qu'un soixante-quatrième de nos ancêtres de cinquième génération, soit moins de deux pour cent. Dans mon cas, le filtre du roman familial n'avait laissé passer que les patronymes Mangion, Dormoy, Morganti, Dachary. À partir de ces noms, la légende nous faisait essentiellement Maltais, Béarnais, Toscan, et enfin Normand. La moitié de mes origines était passée à la trappe, toutes héritées des femmes et souvent les plus enracinées. Effacés les Siciliens d'Adelina Giangreco, les Livournais de Filomena Rossi, les Aveyronnais de Marie Carrière ! Oubliés les Aquilani de Jadele Ferri, les Marranes et les Carlofortins de Judith Compiano !

Il y a ceux, comme les Marranes, qu'on a obligé à changer de religion, mais aussi de nom. D'autres Juifs ont francisé le leur pour échapper à la déportation. Tous ceux-là ont tenté de conserver leur culture, en secret. Celle de mes Marranes, les Navarro, les Marino, les Busetta n'ont pas tenu jusqu'à moi. Il ne me reste plus rien de leur judéité. La dernière petite trace se nichait dans le prénom de mon arrière-grand-mère, Judith.

Il y a aussi ce Béarnais Labourdette qui prit le nom de la maison Larroque qu'il habitait, comme le permettait l'usage du pays. Il fut d'abord Labourdette, dit Larroque, mais son fils ne garda que Larroque.

Il y a cette Maria Cujus, du nom qu'on donnait en Sicile aux enfants trouvés. Mais, après tout, les enfants trouvés sont une famille aussi cohérente que les autres. Même sans se connaître, ou dispersés après l'orphelinat, ils partagent les mêmes expériences, les mêmes traumatismes, et en Sicile le même nom.

Même lorsqu'ils ont été enlevés par des corsaires et vendus comme esclaves à Alger ou Tunis, mes ancêtres tabarquins n'ont jamais perdu leur identité. Il y avait toujours des états européens, l'Église et même des autorités beylicales pour s'inquiéter de leur sort, établir des listes, repérer les familles, négocier des rachats. C'est ainsi que j'ai pu retrouver la trace de mes Compiano.

Les Capitulations étaient des accords passés avec l'empire Ottoman, initialement pour favoriser le commerce. Ils accordaient des droits particuliers aux résidents européens. Les consulats installés dans les régences, qui bénéficiaient de larges pouvoirs de médiation[87], s'impliquaient avec efficacité dans la libération des esclaves chrétiens.

Dans la même période, la désidentification s'est appliquée de façon systématique lors de la traite négrière. Comme le décrit Vincent Cousseau[88], « l'esclave n'est jamais pourvu d'un nom de famille transmissible, patronymique ou matronymique. Il ne possède qu'un nom personnel, qui est le plus souvent un nom unique, plus rarement un nom double, comme *Pierre Jacques* ou *Anne Élisabeth*. Ce système élémentaire entraîne une rupture symbolique de la filiation, qui n'a de la sorte aucun marqueur automatique. Même dans le cas où la possibilité du mariage existe, l'enfant légitime est dépourvu de marqueur familial ».

Les descendants d'esclaves Noirs n'ont que les tests génétiques pour connaître leurs origines. Même si l'histoire biologique n'est pas l'histoire culturelle, connaître la région d'Afrique où vivaient ses ancêtres permet de se construire un imaginaire. Pour ceux-là, ces tests sont essentiels, alors pourquoi les interdire en France, cas unique en Europe ? Parmi les raisons invoquées, on peut lire : « Un test génétique peut révéler un secret de famille, une adoption, une non-paternité, un lien de filiation [...] Face à ces résultats, il peut y avoir de graves conséquences psychologiques »[89]. Pour les descendants d'esclaves désidentifiés, cela renvoie cruellement à la rhétorique colonialiste des « grands enfants » que seraient les Africains adultes, incapables de penser par eux-mêmes. Pour répondre aux autres arguments plus pertinents de la loi, comme la protection des données personnelles ou la qualité des résultats, rien n'empêche d'appliquer aux tests génétiques les mêmes contraintes et restrictions qu'aux données médicales.

La famille a changé. Le modèle un père, une mère, des enfants, cher aux réactionnaires et qui a dominé jusqu'à la moitié du XXe siècle, n'est plus la règle. Des nouveaux modèles généalogiques sont à inventer pour prendre en compte couples homosexuels, changements de genre et familles pluriparentales. La technologie est largement suffisante pour répondre à cette complexité, y compris sur la transmission du nom, « marque emblématique de l'identité »[90].

En France, depuis 2005, les parents ont obtenu le droit de donner à leurs enfants le nom du père, de la mère ou des deux accolés. Mais à la génération suivante, on ne peut en garder qu'un pour l'accoler à celui du conjoint. M'appeler Dormoy ou Dormoy-Mangion n'aurait rien changé. Mes enfants n'auraient pu au mieux ne porter que l'un des deux, ajouté à celui de leur mère. La loi de 2005 répare l'injustice faite aux femmes mais n'améliore en rien la connaissance de ses origines.

En plus de cette disposition de 2005, il serait intéressant de conserver et sécuriser notre arbre généalogique, restreint à nos ascendants directs, et tous les actes d'état civil inhérents. Toute notre histoire en quelques clics.

Le danger d'un tel système est qu'il deviendrait, dans des mains racistes, suprémacistes ou nationalistes, un outil de vérification de pureté ethnique. L'avantage est qu'il démontrerait qu'une telle pureté n'existe pas, et surtout éveillerait notre curiosité sur des régions ou cultures que, bien qu'inscrites en nous, nous ne soupçonnions pas.

À la découverte de mes origines, mon imaginaire s'est élargi. J'ai voyagé par la pensée de Carloforte à Tripoli, de Ponza à Navarrenx, de Tabarka à Castel di Sangro, j'ai découvert la musique maltaise, l'histoire des Marranes, les fileuses des Abruzzes, la céramique de Caltagirone, et tant d'autres choses encore.

L'idée d'un homme nouveau, débarrassé de sa culture, de sa religion, de sa famille et donc de son patrimoine, séduit ceux qui placent au-dessus de toute valeur l'égalité.

À l'opposé, les réactionnaires s'accrochent aux traditions et aux frontières, à l'entre-soi. Ils sont obsédés par la peur du grand remplacement.

Il existe une autre voie, ouverte par les migrations de l'époque moderne. Celle d'un homme qui porterait en lui les cultures dont il a hérité, auxquelles s'agrégeraient celles dans lesquelles il a grandi. Un homme auquel on n'imposerait ni de choisir ni d'oublier, qui garderait en quantièmes tout ce qui l'a construit, le visible comme l'invisible. Si tout n'est pas miscible, alors gardons tout en nous sans forcer les mélanges. Reste à gérer et assumer notre multiplicité, mais l'être humain en a les capacités. On s'accommode chaque jour d'une part minoritaire de ce que nous ne sommes pas censés être. Sentir une part de féminité lorsqu'on est un homme, ou l'inverse ; parler avec Dieu alors qu'on est athée ; imaginer se battre lorsque on exècre la violence.

La complexité, à commencer par celle de nos origines, est une chance. Chacune de nos parts minoritaires est un territoire symbolique dans un pays qui ne nous est pas complétement étranger, sur lequel nous portons un regard curieux et ouvert. Bien sûr, nous pouvons être déçus et renoncer à des parts de nous-mêmes, mais à l'échelle du temps nous pouvons espérer qu'à force d'agréger, un jour chaque être humain porte en lui l'humanité.

Paris, avril 2025

Index

Noms

Gazagnes, 99

Giangreco, 23, 41, 118, 121, 124, 125, 126, 127, 136, 137, 146, 147

Giordano, 119, 122, 123

Heitz, 102

Labourdette, 111, 147

Lacaud, 86, 89

Lacomare, 50

Larroque, 111, 112, 114, 115, 147

Lassalle, 111, 112

Lavie-Sédié, 111

Lelorieux, 40, 41, 70, 86, 87, 88, 89, 90, 91, 92, 93, 94, 95, 96, 106, 133

Lenzi, 63, 64

Lescouté, 110, 113

Manchè, 69

Mangion, 1, 6, 8, 10, 41, 68, 73, 74, 75, 77, 79, 80, 81, 82, 83, 84, 127, 136, 138, 140, 141, 142, 146, 147, 149

Marcajour, 108, 111, 113, 114

Marino, 45, 46, 119, 121, 147

Mauro, 121, 124

Mizzi, 68

Monségur, 108

Morganti, 40, 41, 47, 53, 62, 96, 128, 129, 142, 147

Muscat, 73

Navarro, 44, 45, 46, 51, 146, 147

Nègre, 98, 100

Ricavi, 70, 71, 72, 73

Rizzo, 121

Rossi, 64, 65, 80, 81, 82, 138, 147

Salette, 110

Sarcou, 111, 112, 113, 114

Scotto, 49, 50

Vidal, 98

Villes

Ajaccio, 70, 71, 72

Barrea, 54, 55, 57

Bayonne, 18, 25, 114, 115, 116, 117

Notes

[1] https://collections.ushmm.org/search/catalog/irn508516

[2] Montalbano, Gabriele. « Migrations et peuplement ». *Les Italiens de Tunisie*, Publications de l'École française de Rome, 2023, https://doi.org/10.4000/books.efr.53626

[3] Révah, Israël Salvatore. Les Marranes. In: *Revue des études juives*, tome 1 (118),1959. pp. 29-77 ; https://www.persee.fr/doc/rjuiv_0484-8616_1959_num_118_1_1368

[4] *Tribune Juive*, 4 octobre 2023 ; https://www.tribunejuive.info/2023/04/10/espagne-liste-des-noms-juifs-eligibles-a-la-citoyennete/

[5] Dans tous les sous-titres désignant les couples, les noms seront suivis du lieu et de l'année de mariage.

[6] Dans *Tabarka : histoire et archéologie d'un préside espagnol et d'un comptoir génois en terre africaine (XVe-XVIIIe siècle)*, Gourdin Philippe. Rome : École Française de Rome, 2008. p.348-349. (Publications de l'École française de Rome, 401) ; www.persee.fr/doc/efr_0223-5099_2008_mon_401_1_9148

[7] *Carloforte, storia di una colonizzazione*, Giuseppe de Vallebona, Edizioni della Torre, 2018. P.177.

[8] *Les Tabarquins esclaves du corail*, Paulette et Claude Grenié, Les Indes savantes, 2010, p.176.

[9] *La Revue Tunisienne* nᵒˢ 53-54 (1943), p.125.

[10] Dans *Tabarka : histoire et archéologie d'un préside espagnol et d'un comptoir génois en terre africaine (XVe-XVIIIe siècle)*, Gourdin Philippe. Rome : École Française de Rome, 2008. p.340. (Publications de l'École française de Rome, 401) ; www.persee.fr/doc/efr_0223-5099_2008_mon_401_1_9148

[11] *Carloforte, storia di una colonizzazione*, Giuseppe de Vallebona, Edizioni della Torre, 2018. P.175.

[12] Grenié, Paulette et Claude, *Les Tabarquins esclaves du corail*, Les Indes savantes, 2010, p.166.

[13] Dossier Abruzzes, site personnel de Jean Guichard, Italie-Infos : https://www.italie-infos.fr/pdf/Abruzzes1.pdf

[14] Dans : Documenti, (Anonyme), 1860. Editeur : Vincenzo Marchese, Napoli, Largo Donnaregina, n° 20 et 21 ; https://books.google.fr/books?id=n4r5zGlX-NUC&pg=PA63

[15] *Gazzetta Ufficiale del Regno d'Italia*, année 1881, n°1, p.565.

[16] Revue *Il Tiro a segno*, n° 43, 22 novembre 1899.

[17] Giuseppe Mazzini (1805-1872) est un révolutionnaire et patriote italien, fervent républicain et combattant pour la réalisation de l'unité italienne.

[18] Le carbonarisme est un mouvement secret, à forte connotation politique, présent en Italie, en France, au Portugal et en Espagne au XIXe siècle, qui a contribué au processus d'unification de l'Italie.

[19] Doublet, Pierre-Jean-Louis-Ovide. *Mémoires historiques sur l'invasion et l'occupation de Malte par une armée française en 1798*, publiés par le comte de Panisse-Passis, librairie de Firmin-Didot, Paris, 1883.

[20] D'après la fiche généalogique établie par Neal Doublet sur Geneanet.org.

[21] Zammit, M. L., Spiteri, J., & Grima, S. (2018). *The development of the Maltese insurance industry : a comprehensive study* (First edition). Emerald Publishing. P.127

[22] Archives Nationales – Police générale - Pierrefitte-sur-Seine - F/7/3644/13

[23] Lafi, Nora. Les relations de Malte et de Tripoli de Barbarie au XIXe siècle. In: *Revue du monde musulman et de la Méditerranée*, n°71, 1994. Le carrefour maltais, sous la direction de Christiane Villain-Gandossi . pp. 127-142. https://doi.org/10.3406/remmm.1994.1639

[24] Curia Episcopalis Melitensis, Status animarum, 1695-1806, vol.24, photo 25 ; https://w3id.org/vhmml/readingRoom/view/217717

[25] Ciappara, Frans. *Marriage In Malta in the late eighteenth century*, 1988

[26] Accounts and Papers of the House of Commons, Volume 44, Great Britain Parliament. House of Commons, p. 62.

[27] Dunant, J. Henry, *Notice sur la Régence de Tunis*, Genève, Jules Gme. Fick, 1858. Cité par L. Smith, Andrea, In : *La Tunisie mosaïque*. Toulouse : Presses universitaires du Midi, 2000.

[28] Faucon, Narcisse, La Tunisie avant et depuis l'occupation française. Histoire et colonisation. Vol. II, Colonisation, Paris, Augustin Challamel, 1893. Cité par L. SMITH, Andrea, In : La Tunisie mosaïque. Toulouse : Presses universitaires du Midi, 2000.

[29] Edouard Detaille, Infanterie de marine dans les rues de Sfax, Huile sur toile, 1882, Musée du château-fort – Sedan (08).

[30] Affiches, annonces et avis divers de la Ville du Mans, 5 septembre 1816. https://hdl.handle.net/2027/mdp.39015065620141?urlappend=%3Bseq=379%3Bownerid=135 10798885601341-385

[31] Aujourd'hui rue Lamartine, dans le IXe arrondissement.

[32] Haras national du Pin, voitures hippomobiles, Orne. Inventaire topographique du canton d'Exmes. Service régional de l'inventaire, Caen.

[33] Aujourd'hui rue Jean-Mermoz, dans le VIIIe.

[34] Catalogue officiel de l'exposition des produits de toutes les nations, E. Panis, Editeur, Paris, 1855.

[35] La Destinée de la bibliothèque de Maximilien de Clinchamp (1817-1857) - http://histoire-bibliophilie.blogspot.com/2017/12/la-destinee-de-la-bibliotheque-de.html

[36] Aujourd'hui rue Lamandé, dans le XVIIe.

[37] Ponson du Terrail, *la résurrection de Rocambole – Les nouveaux drames de Paris*, Charlieu Frères et Huillery, libraires-éditeurs, 10, rue Gît-le-cœur, 1866.

[38] *Le Petit journal*, 2 juin 1866, p.1

[39] *Le Petit journal*, 11 février 1866, p.2

[40] Beauchery, Auguste. *La démocratie par un socialiste*, Auguste Ghio éditeur, Paris, 1886. Volume 2, p.8.

[41] *La Patrie*, 23 novembre 1879, p.3.

[42] Paris-adresses, annuaire général de l'industrie et du commerce : corps constitués, administrations, professions libérales, propriétaires, rentiers, etc. de Paris et du département de la Seine. Éditeur : Ch. Alavoine et cie (Paris).

[43] Caveau provisoire Desclers, place 10, puis déplacé le 5/10/1915 Av St-Charles (du cimetière), emplacement 16-2-41. Cimetière de Montmartre (Paris, France) - Registres journaliers d'inhumation 25/05/1915 - 01/01/1916. Documents conservés aux archives départementales de Paris.

[44] Gaveau, F. (2003). Essentiels et sans importance… Regards sur les gardes champêtres dans la France du XIXe siècle. Sociétés & Représentations, n° 16(2), 245-255. https://doi.org/10.3917/sr.016.0245.

[45] Annuaire statistique et administratif du département de l'Aveyron, année 1868, p.289. Archives départementales de l'Aveyron : https://archives.aveyron.fr/ark:/11971/vta1f629620eab7c921

[46] Les habitants de Belrupt n'ont pas de gentilé, alors ils se nomment d'un sobriquet populaire, une tradition des communes de la Meuse (cf. bulletin municipal de Belrupt-en-Verdunois, n°5, juillet 2024, https://www.belrupt-en-verdunois.fr/bulletin-communal_fr.html

[47] Profession notifiée dans le recensement de 1886 à Saint-Affrique ; Archives départementales de l'Aveyron ; https://archives.aveyron.fr/ark:/11971/538174.541855/img:FRAD012_6_M_208_03_0029

[48] En application du traité de Francfort du 10 mai 1871.

[49] Bulletin des lois n° 302 du 22 novembre 1872. Partie supplémentaire.

[50] Annuaire administratif et commercial du département de l'Aveyron pour l'année 1883. Imprimerie H. De Broca, Rodez. P.257. Archives départementales de l'Aveyron. https://archives.aveyron.fr/ark:/11971/vta6c2dfabd9202ea49/daogrp/0/1

[51] Recensement de 1886. La famille Dormoy habite rue des Condés à Saint-Affrique : https://archives.aveyron.fr/ark:/11971/538174.541855/img:FRAD012_6_M_208_03_0029

[52] Dans La franc-maçonnerie démasquée, n°25, 18 mars 1886, p.464, librairie catholique internationale, Paris.

[53] Taxil, Léo. *Y a-t-il des femmes dans la franc-maçonnerie ?* H. Noirot Editeur, Paris, 1891.

[54] « Messieurs, il faut parler plus haut et plus vrai ! il faut dire ouvertement qu'en effet les races supérieures ont un droit vis-à-vis des races inférieures... », Jules Ferry, Assemblée Nationale, séance du 28 juillet 1885.

[55] Dans *l'Illustration algérienne, tunisienne & marocaine*, 27 juillet 1907, p.8. BNF : https://gallica.bnf.fr/ark:/12148/bpt6k5793213d/

[56] Soult et Wellington en Chalosse 1814 - Blog *Landes en vrac* ; http://landesenvrac.blogspot.com/2010/01/1814-soult-et-wellington-en-chalosse.html

[57] Archives départementales des Landes – Ville de Peyrehorade – Registre des décès de 1810 (exemple) : https://archives.landes.fr/ark:35227/s0052cbf441e08c2/52cbffe81e44b.fiche=arko_fiche_62a8 4e54ec9df.moteur=arko_default_62a88e82782fb

[58] Les noms de famille Gascons ; site *Art, Histoire et Patrimoine à Vic-en-Bigorre* ; https://www.histovic.com/noms-de-famille-gascons/noms-gascons-9/

[59] Recueil de la Commission des Arts et Monuments Historiques de la Charente-Inférieure et Société d'Archéologie de Saintes, 2e série, tome III (tome VII de la collection), Saintes, Mme Z. Montreuil, rue Alsace-Lorraine, 1884 ; p.244 ; https://books.google.fr/books?id=U4NNAAAAMAAJ&newbks=1&newbks_redir=0&printsec =frontcover&vq=marot&hl=fr&source=gbs_ge_summary_r&cad=0#v=onepage&q=marot&f= false

[60] Ancien nom du département des Pyrénées-Atlantiques.

[61] *Le Mémorial des Pyrénées*, 1 août 1871, p. 4 : https://gallica.bnf.fr/ark:/12148/bpt6k5237486c/f4.item

[62] Atlas des Basses-Pyrénées. Feuille d'ensemble d'après les cartes topographiques des cinq arrondissements, nouvellement éditées par A. Perret, géomètre en chef du cadastre, 1855 ; lith. Lemercier, rue de Seine, Saint-Germain, 37, Paris. Gravé sur pierre par Avril Frères, rue des Bernardins, 18, Paris. https://gallica.bnf.fr/ark:/12148/btv1b53223772v/f1.item.zoom#

[63] *Gazette de Bayonne, de Biarritz et du Pays basque*, 6 mai 1931, p.4 ;
https://www.retronews.fr/journal/gazette-de-bayonne-de-biarritz-et-du-pays-basque/6-mai-1931/343/1257993/4

[64] *Gazette de Bayonne, de Biarritz et du Pays basque*, 9 août 1929, p.2 ;
https://www.retronews.fr/journal/gazette-de-bayonne-de-biarritz-et-du-pays-basque/9-aout-1929/343/1238295/2

[65] *Nuovi quaderni del meridione*, Fondazione Ignazio Mormino del Banco di Sicilia, Palermo. Vol. 9, 1971, p.215.
Elite di periferia : conflitti locali e Carboneria a Caltagirone tra monarchia amministrativa e guerra indipendentista, Vito Dicara, Lussografica, Caltanisetta, 2004. Voir index des noms p.264

[66] *Almanacco reale del regno delle Due Sicilie*, 1929, p.252.

[67] Civile : detto di condizione que sia tra 'l nobile e 'l plebeio (se dit de la condition [d'une personne] qui se situe entre le noble et le plébéien). Vocabolario universale italiano, publié par la Società tipografica Tramater (1829)

[68] Vocabolario universale italiano, publié par la Società tipografica Tramater (1829)

[69] Dans *La forza di un statuto*, Girolamo Pagliano, Firenze, 1871 ; p. 139

[70] Annuario d'Italia : guida generale del Regno, 1899, Bontempelli, Roma.

[71] Lire à ce sujet : Hugo Vermeren, « Uniformiser la nationalité des Européens dans le Maghreb colonial », Encyclopédie d'histoire numérique de l'Europe. https://ehne.fr/fr/node/14187

[72] Montalbano, Gabriele. *Les Italiens de Tunisie*, p. 149.

[73] Archives Nationales d'Outre-Mer ; cote : FR ANOM 2 RM 107 - Morganti Victor - classe : 1905 ; http://anom.archivesnationales.culture.gouv.fr/regmatmil/osd.php?clef=Morganti-Victor-1905-2028-Alg%C3%A9rie-Oran-1880-02-21-Cassel+di+Sangio-Italie-

[74] Bulletin des lois n°3948, 29 août 1905 ;
https://gallica.bnf.fr/ark:/12148/bpt6k4226616m/f560.item

[75] Terme ancien désignant une malformation cardiaque qui a pour conséquence de donner une couleur bleutée à la peau.

[76] Hauvette Henri Eugène. L'union intellectuelle franco-italienne. In: *Revue internationale de l'enseignement*, tome 70,1916. pp. 357-363.
education.persee.fr/doc/revin_1775-6014_1916_num_70_1_7214

[77] Revue des études italiennes : organe de l'Union intellectuelle franco-italienne. Tome 1, p.479 : « Poursuivant son action en faveur de la diffusion des lettres italiennes. M. Victor Morganti. Professeur au Collège de Sousse, a placé sous les auspices de l'Union intellectuelle franco-italienne deux soirées données au Casino municipal de l'antique cité » (1935)
http://ark.bnf.fr/ark:/12148/cb32858417t

[78] Rey-Goldzeiguer, Annie. « L'Occupation germano-italienne de la Tunisie : un tournant dans la vie politique tunisienne ». *Les chemins de la décolonisation de l'empire colonial français, 1936-1956*, édité par Charles-Robert Ageron, CNRS Éditions, 1986,
https://doi.org/10.4000/books.editionscnrs.496

[79] *L'italien au bac*, Victor Morganti, Editions de l'Ecole française, Alger, 1946.

[80] *La Dépêche algérienne*, 21 septembre 1946. https://gallica.bnf.fr/ark:/12148/bd6t559671b

[81] Ces documents, et d'autres encore, m'ont été envoyés par Sylviane Mangion, généalogiste du club de Bouc-Bel-Air (13). Elle est l'épouse de Pierre Mangion, un lointain cousin, descendant de Stefano. Je la remercie vivement de son aide précieuse.

[82] Annali dell'Ufficio centrale meteorologico e geodinamico italiano, p.68. Unione cooperativa editrice, Roma, 1888.

[83] Ruspe fait référence à la ville où est mort l'évêque Fulgence de Ruspe en 533. La ville n'existe plus et on n'est pas sûr de son emplacement exact. Le curé de Sfax est donc l'archidiacre d'un lieu fantôme.

[84] Montalbano, Gabriele. *Les Italiens de Tunisie*, p. 324.

[85] *L'Écho d'Alger* : 30 janv. 1935, pp. 1 et 5 ; 25 oct. 1935, p. 2 ; 19 nov. 1935, p. 4 ; 29 mars 1936, p. 5 ; Articles disponibles sur retronews.fr.

[86] *Le Jour* : 30 août 1938, p. 6 ; 9 sept. 1938, p. 6. Articles disponibles sur retronews.fr.

[87] Farganel Jean-Pierre. Les consuls de France au Levant au XVIIIe siècle, chefs de communauté et médiateurs auprès des autorités ottomanes. In: L'espace politique méditerranéen. Actes du 128e Congrès national des sociétés historiques et scientifiques, « Relations, échanges et coopération en Méditerranée », Bastia, 2003. Paris : Editions du CTHS, 2008. pp. 63-72. (*Actes des congrès nationaux des sociétés historiques et scientifiques*, 128-17) www.persee.fr/doc/acths_1764-7355_2008_act_128_3_1332

[88] Cousseau, Vincent. « Nommer l'esclave dans la Caraïbe xviie-xviiie siècles ». Annales de démographie historique, 2016/1 n° 131, 2016. p.37-63. CAIRN.INFO, https://doi.org/10.3917/adh.131.0037.

[89] https://www.europe-consommateurs.eu/achats-internet/test-adn-sur-internet.html

[90] Affergan, F. (2006). Martinique : Les Identités Remarquables : Anthropologie D'un Terrain Revisité. Presses Universitaires de France. https://doi.org/10.3917/puf.affer.2006.01